RAMBLING JACK

\

SEACHRÁN JEAIC
SHEÁIN JOHNNY

First published in Irish as *Seachrán Jeaic Sheáin Johnny* by Cló Iar-Chonnacht, 2002
© 2002 Cló Iar-Chonnacht
Translation © 2014 Katherine Duffy
Illustrations © Pádraic Reaney

Library of Congress Cataloging-in-Publication Data

Ó Conghaile, Micheál. [Seachrán Jeaic Sheáin Johnny. English]

Rambling Jack / Micheál Ó Conghaile ; translated by Katherine Duffy. -- First edition.
    pages cm
ISBN 978-1-56478-435-3 (pbk. : alk. paper)
I. Duffy, Katherine, 1962- translator. II. Title.
PB1399.O41242S4413 2015
891.6'2343--dc23
                        2014030960

Partially funded by a grant by the Illinois Arts Council, a state agency

www.dalkeyarchive.com

Printed on permanent / durable acid-free paper. Cover: design and composition Mikhail Iliatov

Micheál Ó Conghaile

RAMBLING JACK

\

SEACHRÁN JEAIC SHEÁIN JOHNNY

Translated from the Irish
by Katherine Duffy

Dual Language Edition

DALKEY ARCHIVE PRESS
Champaign / London / Dublin

i ndilchuimhne ar
Omar Vera Vargas
1966–2000

Mír I

Bhíodh sé á faire go laethúil agus í ag teacht ón scoil. Í ag pocléimnigh léi go gealgháireach i gcomhluadar na bpáistí glóracha eile istigh i gciorcal a saoil féin. Í beo bríomhar i gcónaí, b'fhacthas dó. Agus anamúil. Ní bhfuair sé amach ariamh cén t-ainm a bhí uirthi chomh fada lena chuimhne nó b'fhéidir gurb amhlaidh a dhearmad sé é d'aon ghnó. Dá gcasfaí dó ar an mbóthar léi féin í ní raibh sé cinnte cén t-ainm as a mbeannódh sé di.

Ach má bhíodh áthas air í a aimsiú lena shúile cinn sa mbuíon daltaí scoile, bhí an oiread eile áthais air gan blas dá hainm a bheith ar eolas aige, chreid sé, óir b'amhlaidh a theorannódh ainm baiste ise agus a shamhlaíocht féin dá réir. Ina áit mhéadaigh agus threisigh sin dó an draíocht agus an mhistéir a bhain léi. Amhail is dá mbeadh geasa deasa ar a chluasa diúltú dá hainm saolta. Amhail is dá mbeadh rud éicint nua fúthu le foghlaim i gcónaí aige. Amhail is dá mbeadh leithscéal dlisteanach aige a bheith ag síormhachnamh uirthi. Is thabharfadh an méid sin saoirse shoilseach di le filleadh air a thaitníodh leis agus sólás dó féin. Má bhí marc bradach nó séala strainséartha uirthi, ní thabharfadh seisean sin faoi deara. Agus cé go méadaíodh a fhiosracht ina leith ar bhealach amháin, b'fhiosracht aibí a bhí ann faoi seo agus bhraith sé cibé ainm a bhí uirthi, nárbh in é an t-ainm a thabharfadh seisean uirthi cé go bhféadfadh an t-ainm ab áille is ab fhírinní ar domhan a bheith tugtha uirthi i ngan fhios dó. Bhíodh sé ag smaoineamh de shíor ina bhrionglóidí sea-chránacha agus i bhfinnscéalaíocht a intinne go mbeadh ainm croíúil le fuaim fhileata ar nós Niamh Chinn Óir go deas cóiriúil mar ainm di mar gheall ar a folt óir gruaige, a bhíodh an ghaoth a scuabadh go grámhar siar ó chúl a cinn le linn di a bheith ag sodar abhaile ón scoil . . .

Part I

He used to watch her coming home from school every day. Skipping happily along with the other noisy kids, caught in the circle of her own life. She always seemed so alive and bright. So spirited. He couldn't remember ever hearing her name, or was it that he had deliberately forgotten it? If he met her out on the road, he wouldn't know what to call her.

Glad as he was to catch a glimpse of her among the schoolchildren, he was just as glad, he thought, that he didn't have a clue what her name was because a name might put limits on her and, because of that, on his own imagination. This way, the magic, the mystery that surrounded her was larger, deeper. As if he was under some sweet taboo that forbade him to hear her name in this world. It left his ears always open to find out something new about her. It gave him a good excuse to think about her all the time. It gave her image a glorious freedom to return to him, time and again. He revelled in the thought; it comforted him. If she had some mark of treachery or stamp of strangeness he wouldn't have noticed. And though in one way he grew ever more curious about her name, it was a mature curiosity by now, and he felt that whatever it was it wouldn't be the name he would call her, even though, for all he knew, she could already have the most beautiful, most perfect name in the world. In his rambling dreams, in the myths of his own mind, he always imagined she would have a name full of heart and with a ring of poetry about it. Like Niamh Chinn Óir. That would be a perfect name for her with her head of golden hair

In imeacht na mblianta fadálacha rinne sé nós rialta de bheith ag siobáil leis amuigh i ngarraí an bhóthair ag am dúnta na scoile. Bhíodh sé ag cur cruógaí beaga air féin, ag freastal ar lao nó ag réiteach ar ghamhain, ag coinneáil súile ar an mbó nó díreach ag biorú an chlaí, mar dhea, ag socrú cloch chorrach anseo is dhá chloch ansiúd ar a bharr. É go minic ag feiceáil scailpe nó manta san áit nach raibh a leithéid.

Ach ní nach ionadh, ba bheag aird a thugadh na daltaí scoile—an scór acu a bhí fágtha—ar Jeaic Sheáin Johnny ná ar a sheachrán má b'eol dóibh faoina leithéid. Seanfhear a bhí ann. Seanfhear eile a bhí ann chomh fada agus a chonaic siadsan é. Duine eile de sheanfhondúirí líonmhara an bhaile a bhí ina chónaí leis féin, cé go gcloisidís a ghuth binn bog go minic ar an raidió, óir b'amhránaí aitheanta sean-nóis a bhí ann cé nár spéis leosan na seanamhráin fhada fhadálacha a chasadh sé. Go deimhin, ba mhinice ná a mhalairt a mhúchaidís an raidió dá gcloisfeadh siad é nó dheifreodh ar thóir popamhráin ar stáisiún éicint eile. Deiridís heileo amháin leis dá bhfeicfidís é ar an mbóthar nó dá mbeannódh sé dóibh go géimiúil nó go grástúil thar chlaí biorrach a gharraí. Ghliondálaidís leo abhaile go sodrach ansin.

Is bhíodh áthas éadrom airsean aon uair a dtagadh éinne acu aníos an bóithrín cam casta ar cuairt chuig an teach aige. Bhíodh brí bhreise ina choischéim ag dul chuig an doras nuair a chloiseadh sé guthanna gasúr. D'fháiltíodh isteach thar an tairseach iad. An comhluadar, b'fhéidir, is aicearra ama á spreagadh. Spleodar na hóige. Ach ní ar cuairt a thagaidís go díreach ach is amhlaidh a bhídís ag díol ticéad le haghaidh chrannchur na scoile nó ag cruinniú airgid do chúis, do cheist, nó do chiste éicint. Don ghorta ba dhéanaí san Afraic nó do pháistí bochta an tríú domhan. Do chearta daonna i dtír éicint thar lear nó do dhíthreabhaigh an chogaidh ba dhéanaí. Ach

that the wind was always sweeping affectionately back from her face as she hurried home from school . . .

As the long years went by he made it a habit to potter about in the field by the road around the time the school closed for the day. He would make out he was busy with this and that, seeing to a calf or feeding a goat, keeping an eye on the cow or letting on to be fixing up the wall, shifting a wobbly stone here and a couple more there along the top of it. Supposedly seeing a crack or a gap where often there was no such thing.

It was no wonder that the schoolchildren—the twenty or so that were left—took little or no notice of Jack Sheáin Johnny and his ramblings, if they even knew of them. He was an old man. Just another old man, that was all he was to them. One of the many old bachelors of that place, living on his own, though they were used to hearing his pleasant, low voice often enough on the radio, for he was a well-known *sean-nós* singer. But the children took no interest in the long-winded songs he sang. In fact, more often than not, they'd switch off the radio if they heard him, or go off surfing for pop songs on some other station. They'd say hello to him if they saw him on the road or when he greeted them gamely over the sharp-stoned wall of his field, but that was it. Off they'd go then, off home at a trot.

He felt a surge of delight whenever any of them came up the twisty track to his house. Hearing children's voices outside gave him an extra spring in his step as he went to the door. He would wave them in across the threshold. Thrilled by the prospect of company, of killing some time. The freshness of youth. It would transpire that they hadn't exactly come to see him, but to sell tickets for the school draw or to collect money for some cause or other. The latest famine in Africa or poor children in the

bhíodh sé fáilteach flaithiúil leo i gcónaí. Fial flaithiúil. Is b'in an cháil a bhíodh air ina measc.

Ach níor tháinig sise chuige ariamh. A Niamh Chinn Óir. Ainneoin gur mhinic é ag faire amach di dá dheoin is dá ainneoin. Ach ugach chun a dhorais ní fhéadfadh a thnúthán ba ghéire a thabhairt di. Is ní raibh sé baileach cinnte céard a déarfadh sé léi dá dtiocfadh sí, ach é go síoraí ag cur comhairleachaí air féin trína chriathar aigne. Ach bheadh sé flaithiúil léi ar aon nós. B'in cinnte. Is ligfeadh sé don nóiméad speisialta úd soiléiriú a thabhairt air féin, dá dtiocfadh ...

Ach dúirt sé leis féin go minic gur dóigh go raibh na seacht bhfainic curtha uirthi nó go raibh fógra beo tugtha di gan a theach a thaobhachtáil ar a bhfaca sí ariamh. Ach ní raibh sé cinnte dearfa de sin. Cén chaoi sa mí-ádh a bhféadfaidís fainic dá leithéid a chur uirthi gan an cat fiáin a ligean as an mála, a smaoinigh sé lá os ard. Nár mhar a chéile seandaoine do ghasúir bheaga. Seanfhondúirí uile an bhaile. Dá dtabharfaí fógra fainice di nach amhlaidh a threiseodh sin a fiosracht. Bhí gasúir mar sin. Bhí ... Nach amhlaidh a thiocfadh sí le duine dá comhscoláirí nó aisti féin ar chúla téarmaí. Níor ghéill cailíní óga d'orduithe ar na saolta seo, thuig sé. Gheofaí bealach.

Ach ní bhfuarthas, ach é fágtha ina Oisín aonair ansin. Gan aige ach a bheith go seasta ag faire amach di, le súil a leagan uirthi trí sheans agus í a fheiceáil uaidh. An cailín scoile ... Í ag fás suas ina gearrchaile óg ... Déagóir crua láidir ... Ógbhean ... Thuig sé ansin gur dóigh nach gcuirfeadh sé aithne cheart chuí uirthi choíche is ghlac sé go cruálach leis sin ina chroí istigh in imeacht ama. Ach ba mhaith leis amharc a fháil uirthi chomh minic agus a d'fhéadfadh sé, fiú dá mba i measc a comhscoláirí nó a comhdhéagóirí é. Í a fheiceáil ina sheachrán aigne agus ina chuimhní cleasacha cinn. Amhail is dá maolódh sin ga géar na mblianta easpacha. Ba thógáil croí dó é nuair a bhraithfeadh

third world. Human rights in some faraway country or the dis-possessed of some recent war. But he was always warm and gen-erous towards them. Generous to a fault. He was known for it.

She never came though. His Niamh Chinn Óir. However much he watched for her, freely or compulsively. However deep-ly he longed for her, it didn't bring her to his door. He didn't know what he would say to her if she did come, though he was constantly racking his rickety brain to figure something out. But he would be good to her anyway. Oh yes he would. He would find inspiration in the moment, if only she would come . . .

But he often remarked to himself that it looked like she'd been given all sorts of dire hints or even an outright warning not to go next to or near his house. Still he couldn't be abso-lutely certain of it. How would they manage that, he wondered out loud, without letting the wildcat out of the bag. Don't all old people look the same to kids? All the old bachelors in the area. If she was warned off, sure wouldn't that just awaken her interest? That was the way children were. That was the way . . . She would sneak over with one of her school friends. Or on her own. Young girls these days didn't take orders. There'd be a way around it all.

But there wasn't, and he was left there, alone like Oisín. All he had was the watching and waiting, the hope of catch-ing sight of her by chance, as she grew from a schoolchild into a young girl, a sturdy teenager, a young woman. He knew then that he would probably never get to know her and as time went by he accepted that hard fact, made space for it in his heart. But he still liked to get a look at her, as often as he could, even lost in a group of fellow students and teenagers. And he loved to follow her in his meandering mind, in his crafty thoughts. It

sé é féin gar di. Í a fheiceáil aríst sna tráthnóntaí úd ag deifriú
abhaile ón scoil . . . Bheadh sí imithe uile ar ball, bhí a fhios aige.
Go luath. Lá ar bith feasta, b'fhéidir. Chuirfí chuig meánscoil sa
gcathair í. Ansin chuig an ollscoil nó gheobhadh sí post éicint i
mBleá Cliath nó d'éalódh ar imirce fearacht a máthar fadó . . .
drochdheireadh . . . Is ní móide go bhfeicfí i Ros Cuain Sáile
choíche í. Amharc óna gharraí gabhainn féin fiú ní bheadh aige
ansin uirthi. Ach é fágtha i dtuilleamaí leathchuimhní bacacha
is brionglóidí sceanta maolaithe. Nach in a rinne na daoine
óga ar fad, a smaoinigh sé. Ros Cuain Sáile a thréigean. Obair
fhónta a fháil i gcathair éicint nó thar lear. Nárbh in a rinne siad
lena linn féin agus ariamh anall roimhe sin, ní áirím anois.

B'fhéidir gur mar gheall air sin a threisigh sé ar a chuid
brionglóidí. É mar a bheadh ag iarraidh í a athionchollú dó féin.
Ó bhrionglóidí briste lae ar dtús a mbíodh sé féin ag cur struch-
túr óir agus airgid orthu agus á n-atógáil. É á gcruthú, á gcumadh
agus á múnlú chun a shástachta. Bhíodh chuile ní i gceart ina
intinn féin ar an gcaoi sin—mar a bheadh teach nó áras duine
uasail ann le scata searbhóntaí dílse—chuile rud socraithe go
néata aige ina chúinne cóngarach féin, ina nádúr féin. Agus ansin
i mbaclainn a bhrionglóidí lae thosaíodh sé ag brionglóidigh
dáiríre, na brionglóidí ab fhearr a thaitníodh leis ag fáil an ceann
ab fhearr air nuair a thagadh ina dtonnta móra. Iad ag ardú a
gcinn uathu féin thar dhroim a chéile. Is ansin iad á shlogadh
leo ina n-ollbhrionglóid. Agus san uair ab áille a bhídís ba ina
cailín beag a bhíodh sí, í trí bliana bríomhara d'aois, folt mór
gruaige uirthi. Sna brionglóidí ciúine thagadh sí chuig an doras
chuige léi féin. Ní bhuaileadh sí cnag ná leathchnag air fiú ach
d'úsáideadh sí iomlán a spreactha lena bhrú isteach roimpi . . .
amhail is dá mbeadh sí ag filleadh abhaile. D'fhágadh sí an
doras ar leathadh ina diaidh don saol mór ansin. D'ardaíodh
seisean a chloigeann le gíoscán an dorais lena chinntiú dó féin
nach gadhar ná gála ná síog a bhrúigh isteach é. Lasadh a dhá

helped to soothe the sting of the empty years. His heart lifted to think that she was anywhere near him. To see her again on those evenings hurrying home from school . . . In a little while, she'd be gone altogether, he knew. Soon. Any day now, it could be. They'd send her off to a secondary school in the city. Then to university, or she'd get a job in Dublin or go abroad like her mother long ago . . . a bad end . . . She'd probably never be seen in Ros Cuain Sáile again . . . Even those scarce glimpses from his small field would be gone. He'd be left to his half-baked, hoppity thoughts, his faded, frayed imaginings. Sure wasn't that what all the young people did, he thought. Shook the dust of Ros Cuain Sáile off their feet. They got good jobs in a city or across the sea. Wasn't that what people did in his own time and before that, never mind now.

Maybe it was because of that that he turned inward more and more, to his dreams. As if he was trying to reincarnate her for himself. Starting off with bits of daydreams, gilding them, rebuilding them. Shaping and moulding them to suit himself. In his thoughts everything was in perfect order—like the fine house of a rich man with a fleet of loyal servants—all beautiful-ly arranged in the intimate recesses of his mind. And in the grip of his daydreams he would begin to really dream, the happiest dreams washing over him like great waves. Each one surging higher than the one before. Swallowing him in one enormous dream. The most beautiful were of her as a little girl, three live-ly years of age, her hair a thick, shiny mass. In the quiet dreams she would come to his door alone. Without a rap or a tap, just throwing it open as if she were coming home. She would run in leaving the door wide open to the world behind her. He would raise his head at the creaking sound of it, wondering if it was

shúil go lonrach nuair a d'fheiceadh chuige í agus mhionnaíodh
sé dó féin nach ag brionglóidigh a bhí sé an babhta seo agus í
ag coiscéimniú go luafar éadrom thar thairseach a chroí. Tá mé
anseo, a screadadh sí go háthasach. Tháinig mé ar cuairt chugatsa
féin anocht i ngan fhios dóibh. Ná habair tada. Tá siad bailithe
a chodladh anois so ní aireoidh siad imithe mé go maidin. An
féidir liom fanacht anseo leatsa anocht?

Níor labhair sí leis as a ainm ná ní labhraíodh ariamh ag an
aois sin cé gur thuig seisean go gcaithfeadh sé a bheith ar eolas
go maith aici. Ar dtús ní deireadh sé tada chun deis a thabhairt
dó féin an ócáid a bhlaiseadh ina hiomláine. Ansin scaradh sé
amach a dhá lámh mhóra go hoscailte mar chomhartha fáilte
agus léimeadh sise chuige nó go bpiocfadh sé suas ina ghabháil í.
D'fháisceadh sé isteach ina bhaclainn í agus greim an fhir bháite
aige uirthi. Phógadh siad a chéile ar na leicne cúpla babhta agus
ansin d'fháisceadh sé chuige lena ucht aríst agus aríst eile go
ceanúil í. Mo rósbhéilín meala beag féin, a chanadh sé de ghuth
binn. Bhíodh aoibh i gcónaí uirthi agus uaireanta chuireadh sé
dinglis bheag chineálta inti le gáire a bhaint aisti. Nach bhfuil
a fhios agatsa, a stóirín, go bhfuil fáilte chaoin Uí Cheallaigh
romhat teacht am ar bith de ló nó d'oíche nó den chlapsholas
is maith leat, a bhéimnigh sé. Is mé fágtha anseo liom féin ar
an ngannchuid ag cuimhneamh ort. Is gan agam ach mo phota
stóir de bhrionglóidí.

Ná bíodh imní mhór an tsaoil ort, a d'áitíodh sí ag breith
barróige air. Ní bheidh a fhios ag duine ar bith beo ach ag an
mbeirt againn agus ansin phógfadh seisean aríst í nó go gcuir-
feadh ina suí ar a ghlúin í agus bheadh á luascadh leis is ag mion-
chaint is ag baothchaint léi i mbriathra boga binne. Thugadh
sé a stóirín, a chuisle agus a leanbh uirthi agus ainmneacha
deasa feiliúnacha fileata eile a thaitin go seoigh léise. Uaireanta
chuiridís ag gáire í agus cé nár thuig sí go hiomlán iad bhí a
fhios aici gur ainmneacha deasa ceanúla a bhí iontu agus mheas

a dog or the wind or a fairy that pushed at it. His eyes would light up when he saw her coming and he would swear to himself that this time it wasn't a dream, and that she really was stepping lightly across the threshold and into his heart. I'm here she would call out happily. I slipped away and dropped in to see you. Don't say a word. They're all fast asleep so they won't even notice I've gone till morning. Can I stay here with you tonight?

She didn't speak his name—at that age she wouldn't of course, though he knew that she must know it well. At first he wouldn't say a thing, he'd take a moment to take it all in. Then he would open his arms wide in welcome and she'd throw herself into them and he'd catch her up in his arms. He would hold onto her like a drowning man. They'd kiss each other's cheeks a few times and he would hug her lovingly again and again. My own sweet little rosebud, he'd murmur. She'd be smiling always and sometimes he'd tickle her a bit to make her laugh. Don't you know sweetheart that you're welcome as the flowers in May here anytime of the day or night, any time at all, he would croon. And here I was all alone and lonely, sitting here thinking about you. Just me and my dreams.

Stop your worrying now, she would say, hugging him. Nobody in the world will know except the two of us, and then he would kiss her again and put her sitting on his lap and he would rock her to his heart's content murmuring to her and whispering sweet nothings. He would call her *a stóirín, a chuisle, a leanbh* and other lovely, fond and foolish names. She loved that. Sometimes they would make her laugh and even though she didn't understand them all she knew that they were loving names and she thought that if she were called them often enough she would grow up into a beautiful girl, living up to all

sí dá nglaofaí sách minic uirthi iad gur dóigh go bhfásfadh sí
féin suas ina cailín álainn lena chuid briathra ardmholtacha arda
a shroichint. Is níor inis sí a hainm baiste féin ariamh dó mar
gur ghlac sí leis go raibh sé ar eolas go maith aige ach gurbh
fhearr leisean ainmneacha a rinne cur síos uirthi a aimsiú di ina
cheann agus a lua léi. Ainmneacha a threiseodh a háilleacht féin
agus a bheadh ag rince ina saol.

Agus is beag focal, abairt ná comhrá eile a bhíodh eatarthu
ansin ach iad beirt ag saibhriú sraitheanna an chiúnais dá chéile,
eisean i ngreim inti go teolaí agus ag mothú theas bog a colainne
ina ucht nó go dtosódh sí ag méanfach le tuirse nuair a bhíodh
ag sleamhnú amach i ndoimhneas marbh na hoíche. Thagadh
cineál bróin ansin air mar go dtuigeadh sé nach raibh ar a cumas
fanacht ina dúiseacht níos faide agus go raibh sé ag tarraingt ar an
am aicise imeacht abhaile sul má chronófaí í. Thosaíodh a súile
beaga gorma ag caochadh is a fabhraí ag titim ar a chéile agus
cé gur thuig sé go maith gur gearr go dtitfeadh sí féin ina cnap
codlata bhraith sé go mbeadh a codladh níos suaimhní síochánta
dá gcanfadh sé suantraí álainn séimh ina ghuth binn di agus
leagadh sé air:

> Seoithín seothó, seoithín seothó
> Seoithín seothó is tú mo leanbh
> Seoithín seothó . . .

Agus cé go mbíodh sí ina cnap sonasach codlata faoin am
a sroicheadh sé an dara nó an tríú líne chasadh sé leis go dtí
an ceathrú deiridh chomh binn agus a bhí ina ghuth maidine.
Agus uaireanta chanadh sé faoi dhó é ar an tuiscint go meallfadh
sé chuici na dea-dhéithe agus dea-spioraid na marbh agus na seacht
sinsear a d'fhanadh ag foluain thart á gardáil ina suan. Is mheas-
adh sé scaití go gcloiseadh sé an suantraí ag fás suas is ag iompú
isteach ina aingeal coimhdeachta a leanfadh ar aghaidh ag eitilt
timpeall agus timpeall os a cionn i gcaitheamh na hoíche . . .

the praise he poured on her. And she never told him her real name because she took it for granted that he knew it but that he preferred to search inside his head for names to describe her. Names that would sing her beauty and echo through her life.

Then they would stop talking altogether and let the silence thicken richly between them, he holding her snugly, feeling the soft heat of her body against his chest, she yawning with tiredness, slipping away into the dark depths of the night. A kind of sadness would come over him then, knowing that she couldn't stay awake much longer and that it would soon be time for her to go home, before she was missed. Her little blue eyes would start to flutter closed. Although he knew she was falling into a deep sleep he wanted to make it deeper and calmer by singing her a lullaby in his mellow voice:

Seoithín seothó, seoithín seothó
Seoithín seothó, is tú mo leanbh
Seoithín seothó . . .

And though she would be dead to the world by the time he got to the second or third line, he would sing on to the very last verse, singing as well at that late hour as he sang first thing in the morning. Sometimes he would even sing it twice hoping to persuade the good gods and the spirits of those who had gone before to hover close and guard her sleep. Sometimes he imagined that the lullaby grew and took on the shape of a guardian angel which would float around her head, around and around, all through the night . . .

On nights like that when she came to him he would spend hours gazing at her, watching her while she slept, praying silently that she would have all the luck and joy possible on life's

Agus oícheanta mar sin a dtagadh sí chaitheadh sé uaireanta fada an chloig ag baint lán a dhá shúl aisti agus í ina suan agus é ag guí ina intinn go mbeadh gach rath agus séan uirthi sa gcosán de shaol fada aimhréidh a bhí leagtha amach roimpi. Agus scaití sa ngráfhéachaint úd thosaíodh sé ag stánadh uirthi i ngan fhios dó féin agus bhíodh sé ag iarraidh a oibriú amach ina intinn go tostach cén chosúlacht a bhí aici lena muintir nó an raibh mórán cosúlachta aici leis féin . . . agus amanta d'éir-íodh sé ina sheasamh nó go siúlfadh trasna an tí—é ag siúl ar bharraicíní na gcos go socair ionas nach ndúiseodh sí—go gcaitheadh amharc air féin aríst sa seanscáthán scoilte nár inis bréag ariamh dó mar go mbraitheadh sé go mbíodh dearmad déanta aige ar a aghaidh féin lena chur i gcosúlacht léi. Ach mar gheall go mbíodh leisce air an solas a lasadh faitíos go speirfeadh an lóchrann geal a súile óga leochaileacha codlatacha ní bhíodh ar a chumas é féin a fheiceáil go róshoiléir sa scáthán seachas scáile nó imlíne dhorcha a éadain ag brath ar iasacht sholas na gealaí is na réaltaí amuigh. Ach ansin thosaíodh aon sonraí dá aghaidh a bhíodh le feiceáil ag leá isteach ina roicne agus de bhrí go mbíodh a chloigeann idir an bhreacsholas agus an scáthán ní raibh aon bhealach ann ina bhféadfadh sé a shúile gorma féin a fheiceáil agus ansin d'fhilleadh a aird aríst ar an dóitín a bhí ina bhaclainn agus thugadh sé tamall ag siúl timpeall an tí amhail is dá mbeadh faitíos air go ndúiseodh sí dá ndéanfadh sé staic ná cónaí agus ní bhíodh leisce ná anró air uaireanta fada an chloig a chaitheamh léi ar an gcaoi sin . . . nó go meabhraíodh an coileach ceannasach lena chéad ghlao goilliúnach de chac a dúidil dú dó go raibh mochsholas na maidine á shoilsiú féin agus go raibh sé in am aici dul abhaile. Agus ní raibh aon bhealach ann go bhféadfadh sé í a scaoileadh amach léi féin mar sin in uaire-anta fuara drúchta na maidine. Chasadh sé pluidín bhán le him-eall bróidnithe timpeall uirthi agus chaitheadh fé fia de chóta

rocky road. Sometimes, as he watched her with love, his gaze
would sharpen to a stare as he tried to work out if she was like
her people or if she bore any resemblance at all to him ... and
sometimes he would get up and walk across the house — qui-
etly, on tiptoe so that he wouldn't wake her — to look at him-
self in the old, cracked mirror that had never lied to him yet,
wanting to remind himself what he looked like so that he could
compare his face to hers. But since he didn't want to put on the
light for fear of dazzling her out of her fragile, young sleep, all
he could see of himself was the shadowy outline of his features
in the faint light snatched from the moon and stars outside.
The visible details of his face melted into wrinkles and because
his head was blocking the dim light from the mirror he couldn't
see his own blue eyes, and so his attention would turn again to
the little doteen in his arms and he would start walking around
the house as if afraid that he would wake her if he stood still,
and he didn't mind, no it was no trouble at all to spend hours
and hours with her like that ... until the haughty cock let out
his first cock-a-doodle-doo, reminding him that morning was
breaking and that it was time for her to go home. And no way
would he send her out by herself in the cold and dew of the ear-
ly morning hours. He would wrap a little white blanket with
an embroidered edge around her and throw on an ancient coat
like a magic mantle to keep the blue cold and the wind and rain
off the two of them and hurry out on foot across the hills, mak-
ing for her grandmother's house, a smart breath of wind at his
back making him fly along, his feet barely touching the ground,
barely knocking a drop of wet dew from the green grass. On he
went, never stopping or staying, across plain and valley and hill,
across bog and swamp, and wood and hollow, keeping a steady

mór trom aniar thar a bhráid féin a choinneodh an fuacht gorm
agus an tsíon uathu araon agus ghreadadh leis de shiúl na gcos
ag tabhairt chóngar an chnoic air féin faoi dhéin theach a sean-
mháthar, is comhrá luafar gaoithe taobh thiar dá dhroim ionas
gur ar éigean a bhíodh a chosa ag cuimilt na talún lena luas
éadrom eitleach éanúil nach gcroithfeadh fiú na deora fliucha
drúchta den fhéar glas. Stop ná staon, stad ná scor ní dhéanadh
sé ar mhachaire, gleann ná cnocán, ar phortach ná ar eanach, i
gcoill ná i log ach ag éascú an bhealaigh roimhe agus é ag rá leis
féin go leagfadh sé ar ais ina leaba bheag theolaí féin í le cabhair
is le cumhacht na n-aingeal i ngan fhios dá muintir nó cibé cé a
bhí ina gcónaí sa teach úd anois . . .

Ach go tobann ansin, agus é bhfoisceacht go mbeannaí Dia
de gheataí grátacha an tí thosaíodh an gadhar mór olc dubh ag
tafann agus ag sclafairt is ag geonaíl go gearranálach crosta nuair
a bhraitheadh strainséir san aer in uair mharbh bheannaithe na
hoíche is na maidine—Bhuf Bhuf Bhuf Bhuf—is bhuaileadh
cnap áthais agus snaidhm bhróin Jeaic Sheáin Johnny d'aon rap
amháin—áthas go raibh an gadhar mór dubh craosach úd i
bhfad uaidh mar gur i gcluasa a bhrionglóidí amháin a rinneadh
an tafann ceannasach oilbhéasach úd. Ach freisin d'fháisceadh
snaidhmeanna deoracha bróin timpeall a mhuiníl, á thachtadh
is dá phlúchadh beagnach, agus é sínte siar ina chathaoir
luascach shúgáin nuair a shoiléiríodh a dhúiseacht dó nach
raibh a pheata ina bhaclainn aige beag ná mór; nár tháinig sí
chuig an doras chuige anocht ach oiread le ariamh, nár chuir cos
ná leathchos isteach thar an tairseach; nár streachail suas ar a
ghlúin is nár shuigh uirthi, nár thug barróg dá chéile, nár phóg
a chéile, nár fhéach isteach i súile gorma gaolmhara grámhara a
chéile—gur don seanchat bodhar leisciúil úd a bhí ina chnap
crónánach codlata ar an iarta trasna uaidh a chas sé an tsuantraí
bhinn óna chroí briste brúite . . .

pace, telling himself that with the help and strength of the angels he would have her back in her own cosy bed without her people or whoever it was that was living in that house now ever knowing . . .

But when he was within a hair's breadth of the iron gates of the house a big brute of a black dog started up a sudden vicious barking and snarling and howling, incensed at the whiff of a prowler in this dark dead hour between night and morning. Wuff, wuff, wuff—then a wave of delight and sorrow at once washed over Jack Sheáin Johnny, delight that the slavering black hound was well away from him, his evil barking heard only in dreams. But in his throat was a huge lump of sorrow that threatened to choke him as he sat in his *súgán* rocking chair, when he woke up and realised that the little pet was not in his arms, that she hadn't come to his door that night or any other, nor had she put a foot across his threshold, nor clambered up on his knee to sit there, that they hadn't hugged or kissed or looked with love into each other's familial blue eyes— that no-one but the half-deaf, lazy old cat that was sleeping in a heap on the hob over there had heard the sweet lullaby that he had sung from the bottom of his broken heart . . .

Still, living in isolation as he did, he lived for these stolen moments and for all the other little daily events that he imagined happening to her while she was away, and for other stray details he made up about things that hadn't happened in his own life. The vigorous lines of his imagination were like a painter's brushstrokes and he was always inking out sketches or filling in colours, portraying the face of the child, the growing girl, the teenager on the verge of becoming a lovely young woman, at which point she would vanish off to college, he supposed, or

Ach, agus é ina chónaí san iargúltacht leis féin, mhair sé ar son na nóiméad fuadaithe seo agus ar son na n-eachtraí beaga eile a chumadh sé faoina saol de réir mar a cheap sé iad a bheith ar tí titim amach agus í i gcéin uaidh, agus nithe beaga fánacha eile a chumadh sé faoi na rudaí nár tharla ina shaol féin. Bhí línte fuinniúla a shamhlaíochta mar a bheadh línte scuaibe i lámh phéintéara ann agus bhíodh sé de shíor ag tarraingt sceitseanna dúigh nó ag dathú pictiúr leo ag cruthú agus ag ath-chruthú aghaidh an chailín bhig, í ag fás suas ina girseach, ag éirí aníos ina gearrchaile agus ar tí a bheith ina hógbhean dha-thúil nó gur scuabadh chun bealaigh chuig coláiste í, ba dhóigh, nó sin í a bheith gafa i bpost eachtrannach éicint a thabhar-fadh chuig an taobh eile den domhan í na mílte fada óna fuil, óna smúsach is óna dúchas. Ach bhí daoine óga mar sin. Thuig sé gurb é a nádúr siúd gan a bheith ag breathnú siar ach a bheith ag guairdeall rompu chun cinn i gcónaí, gan an baile a thaobhachtáil ach nuair a d'fheilfeadh dóibh féin, flosc siúil ina mbealach féin is i ngach áit eile orthu ag sásamh a bhfiosrachta.

Agus nuair nach mbíodh amharc ná tásc ar bith aige uirthi chuireadh sé a mhuinín i gcinniúint Dé agus i rotha mór casta tollta an tsaoil. Dá mbeadh sé i ndán dó, agus leagtha amach ag an gcinniúint dó, tharlódh go gcasfaí ina bhealach lá breá éicint aríst í. Tharlódh freisin nach gcasfaí. Bhí rudaí áirithe ann, mheas sé, arbh fhearr iad a fhágáil faoin seans is faoin dara seans. Nár mhór a fhágáil faoin seans. Agus bhí an seans, dar leis, mar a bheadh sruthán fiáin ann a d'fhéadfadh casadh soir siar am ar bith faoin spéir. Nó éalú leis ina uisce faoi thalamh ar fad as amharc. Agus ach oiread leis an sruthán a mbíonn fios cinnte a bhealaigh i gcónaí aige ainneoin a chuid castaí cama d'aimseodh an chinniúint cora a saoil féin. Nó b'in mar a chonaic Jeaic Sheáin Johnny é ar aon dath agus threabhadh sé leis ag sracadh le hobair an lae idir obair tí, gharraí, phortaigh agus trá nár

get some foreign job which would take her off to the other side of the world, miles and miles away from her blood and bones, from where she belonged. Young people were like that. It was in their nature, he knew, not to look back but to move on, forging ahead, only coming home when it suited themselves. Consumed with the need to travel every path, to satisfy their own curiosity.

When he was starved of the sight of her he put his trust in God and destiny and the fateful workings of life itself. If it was for him, if that was what fate intended for him, their paths would cross again some glorious day. Or maybe not. Some things, he reckoned, were best left to chance and happenstance. Some things had to be left to chance and happenstance. And chance itself, he thought, was like a stream in spate that could turn any which way, at any time. Or disappear underground, out of sight. And just as the stream would always find its own course despite its twisting and turning, so fate would reveal the true path of his own life. That's how Jack Sheáin Johnny saw it anyhow, and he soldiered on, getting through each day's work, the housework, the field, the bog and the shore, work that hadn't changed for sixty years, for generations before that. Work his father had done, and his grandfather, his great-grandfather and all the fathers before them who were now long gone. At age threescore and ten, he no longer felt he was waiting for some great event to happen in his life and although he worked hard enough, he was beginning to feel the sloth that comes over people stuck too long in set, solitary ways. He didn't try too hard to keep hold of reality but cast his mind adrift, letting the wind fill the bright sails of his imagination. When he wasn't singing or telling stories, rattling on to himself by the fire in the

athraigh mórán le trí scór bliain ná leis na glúnta roimhe sin. Obair a chleacht a athair, a sheanathair, a shinseanathair chomh maith le líon maith aithreacha eile roimhe sin nach raibh tásc ná tuairisc anois orthu. Ag trí scór go leith bliain d'aois bhraith sé nach raibh sé ag súil le haon chor mór suntasach ina shaol feasta agus cé gur oibrigh sé sách dícheallach bhí an leisce úd a fhásann ar dhroim daoine a bhíonn rófhada i bhfochair is i gcomhluadar a nósanna leanúnacha féin i ngreim ann ionas nár shantaigh mórán réadúlachta go minic ach é ag tabhairt scóide agus gaoithe do sheolta biocóideacha bacóideacha a shamhlaíochta. Nuair nach mbíodh sé ag amhránaíocht, ag seanchas ná ag roilleachas leis féin ar an teallach sna hoícheanta fada fuara bhíodh gliondar ar a bhrionglóidí dul ag fálróid agus síneadh amach ina treo agus d'iompraíodh chuige í go caithréimeach nó go mbíodh sí ina gceartlár go rialta. Agus ar bhealach aisteach, nuair a smaoiníodh sé i gceart air, d'admhaíodh sé go mba mhana cabhrach ó Dhia a bhí ann amanta gan ach aithne seo na mbrionglóidí a bheith aige uirthi mar cibé cén chaoi nó cén bhail a bhí uirthi amuigh sa saol mór achrannach ina raibh sí, ní fhéadfadh sí lámh ná cos a chur mícheart i mbrionglóidí pleanáilte plánáilte a intinne. Shásaigh sin ar a chonlán féin ó sheal go seal é ionas go gcuireadh sé brí bhreise sna hamhráin mheidhreacha a bhíodh á gcrochadh suas aige. Is amanta d'fheiceadh sé an gadhar ar an urlár ag biorú a chluas, ag croitheadh a dhriobaill agus ag breathnú suas ar na nótaí arda a thagadh go foluaineach as a bhéal mar a bheadh ag tabhairt aitheantais do bhinneas a ghutha nó d'fhocla eitleacha a amhráin. Agus i lár a chrónáin stopadh an cat nó go gcuireadh lúb ina dhroim ag baint searradh sólásach sonasach as a chorp féin ar an teallach. Líodh a liopaí ansin le focail an amhráin a bhíodh mar bhraonacha milse bainne dó agus d'fhéachadh suas go mórtasach cineálta umhal ar a mháistir measúil saolta.

long cold nights, his dreams happily took to the road, reaching out for her, bringing her to him in triumph, so that she was always with him, in the heart of them. And in a strange way, when he came to think about it, it was a blessing from God that he only knew her in dreams because, whatever she was like in the real hurly-burly of life, in his carefully honed imaginings she could never put a foot wrong. That thought alone made him happy, and set him off singing again the lively songs he used to sing. And when sometimes he'd see the dog on the floor pricking up its ears, wagging its tail and looking up to watch the high notes floating out of his mouth, he took it as a tribute to the quality of his voice or of the superb lyrics of the song. And the cat would stop in the middle of her purring and arch her back in a long, luxurious stretch on the hearth. She would lick her chops savouring the words of the song as if they were creamy drops of milk, looking up proudly and fondly at her talented human master.

Mír II

Chuala sé fuaim éicint taobh amuigh den teach lá. Ansin buaileadh cúpla cnag géimiúil ar an doras go múinte fuinniúil, b'fhacthas dó. Bhraith sé láithreach gur cnag duine fásta a bhí ann. Théis a dhinnéir a bhí sé agus é sínte siar ag míogarnach ina chathaoir luascach shúgáin mar ba nós leis. Bhain na cnaganna geit as mar ba bheag duine fásta a thagadh ar cuairt chuige i lár an lae ghléigil agus an beagán sin féin ba nós leo an laiste a ardú iad féin agus siúl isteach rompu níos minice ná a mhalairt. Ach dhírigh sé aniar, sheas agus mhaolaigh glór an raidió. Chaith sracfhéachaint amach tríd an bhfuinneog ar a bhealach chuig an doras. Duine ná scáile ní fhaca sé. B'fhéidir gurb é an madra atá ann ag faire ar ghreim eile le n-ithe, a mheabhraigh sé dó féin ag ardú an laiste . . .

D'at amharc a shúl ansin. Chlis an chaint air. Phléasc coirc ina chluasa. Gheit a chroí nó gur rásáil a chuid fola gan srian trína chuisleacha.

Bail ó Dhia is ó Mhuire ort, a dúirt sí, ag labhairt i nGaeilge cheolmhar líofa leis. Líon sé a shúile ata léi féin is lena guth ionas gur tháinig lionn ar a amharc is gur chreid sé soicind gur ag brionglóidigh a bhí sé, ach gurb áille uaisle í sa mbrionglóid bheo seo le dea-shlacht is dóighiúlacht ná in aon cheann eile dá raibh ariamh aige—í ina ríon mná, seacht nó ocht mbliana déag d'aois, ach í fásta aibí ag breathnú, aghaidh gheal aingil uirthi seachas a gruanna dearga agus an folt órbhuí gruaige a bhí scaoilte síodach siar thar a guaillí leathana—síos go básta beagnach.

Nach n-aithníonn tú mé, a chan sí go cúthaileach, náireach beagnach, isteach ina chluas. Bhínn i mo chónaí sa gceantar seo tráth dá raibh ach is i Sasana is mó a chóirím mo leaba

Part II

One day he heard a sound outside the house. Then a few lively taps at the door, polite but energetic. A grown up knock, he thought. He had just finished his dinner and had been lying back as usual, dozing in the *súgán* rocking chair. The knocking startled him. Not many adults came calling in the middle of the day and the few that did would lift the latch themselves, more often than not, and walk right in. But he sat up, got to his feet and turned down the radio. On his way to the door, he peered out the window. Not a soul or sinner to be seen. Maybe it was the dog, looking for something to eat, he said to himself lifting the latch . . .

His eyes opened wide. His tongue tied itself in knots. There were popping sounds in his ears. His heart leapt and his blood began to race wildly through his veins.

Bail ó Dhia is ó Mhuire ort, she said in fluent, melodious Irish. He stared at her so hard as she spoke that his sight clouded and he thought for a minute that he was dreaming except that she was even more elegant and beautiful in this waking dream than she had ever been in any other — a queen among women, seventeen or eighteen years old, but looking all grown up. She had the bright face of an angel, except for those rosy cheeks and the mane of golden hair that streamed loose across her shapely shoulders almost to her waist.

Do you know me at all, she asked, his ears detecting shyness, even a little shame, in her voice. I used to live around here once but I'm based in England now — London. A note of re-

anois—Londain. Bhí nóta aiféala théis sní isteach ina glór ar lua Londan, rinne sé amach, nóta cúthaileach mar a bheadh sí théis a thuiscint go raibh preab bainte aici as, as teacht aniar aduaidh mar seo air i lár an lae is é i gcoim a chuid oibre nó a chuid smaointe.

Aithním go maith thú, a dúirt sé nuair a tháinig an chaint aríst dó, é ag smaoineamh i ngan fhios dó féin ar a seanmháthair. Chroith siad lámha lena chéile ansin ar leic an dorais agus mhothaigh sé boige óg a láimhe ar chraiceann garbh a láimhe féin, rud a chuir cineál náire air, chomh maith le é a bheith ina sheasamh ansin os a comhair gléasta ina chuid seanbhalcaisí. Bhí a chuid smaointe, bhraith sé, ina ngréasán tranglamach chomh mór sin ionas nach raibh rud ar bith soiléir.

Nach dtiocfaidh tú isteach, a dúirt sé ansin tar éis tamaillín is é ag síneadh na bhfocal ina treo mar chuireadh. Déanfaidh mé lá saoire duit. Déanfaidh, ar m'anam.

Tháinig meangadh mór ar a béal leis an gcuireadh a las a haghaidh uile amhail aghaidh aisteora a chuirfí faoi spotsolas ar stáitse. Agus sin uile a bhfaca seisean di ar feadh nóiméid. A haghaidh. A béal, a déad is ansin a gáire a spréigh amach ar a héadan iomlán. Shiúil sí isteach sa teach roimhe go glórmhar ansin mar a bheadh ríon ann a gcuirfí coróin uirthi agus shuigh ar an iarta clé amhail is dá mbeadh a fhios aici go maith gurb é a nós saoil féin suí ar an iarta deas aon uair nach mbíodh sé ina chathaoir shúgáin ag machnamh nó ag míogarnach. Shuigh sé trasna uaithi, a chroí ag preabadh fós, é ionann is dearfa faoi seo nach i mbrionglóid shaolta a bhí sé anois agus cé gur chuir an méid sin mír bhreise áthais air nach raibh sé in ann a thomhas fiú, bhí mar a bheadh orlaí den scanradh is den imní fuaite go daingean le snáthaid mhór tríd. Fios maith aige dá mbeadh sé beo i mbrionglóid go dtarraingeodh a intinn a chúrsa féin go nádúrtha nó de réir an chúrsa a leagfadh sé amach. Bheadh a

gret crept into her voice when she got to the word *London*, he noticed, a hesitant note as if it had just dawned on her that she had startled him calling like this out of the blue in the middle of the day when he was lost in work or his own thoughts.

Indeed I do know you, he said when he finally got back the power of speech, his thoughts turning involuntarily to her grandmother. They shook hands then on the doorstep and he noticed how soft her young hand felt against the rough skin of his own. It embarrassed him, that and the fact that he was standing there in his old work clothes. His mind was in such a muddle that he couldn't think straight.

Won't you come in, he said after a little while, the words to reaching out to her in invitation. Since you're here I'll make it a holiday. I will indeed.

She smiled broadly at the invitation and her whole face lit up like an actor's under a spotlight. It filled his vision for a moment. Her face. Her mouth, her teeth, the smile spreading across her face. She walked sedately into the house like a recently-crowned queen and sat down to the left of the fire, just as if she knew that he had sat all his life to the right of it, whenever he wasn't dozing or musing in the *súgán* chair. He sat opposite her, his heart still thumping, almost certain now that this was no waking dream and although the thought filled him with immeasurable joy, the feeling was stitched through with touches of fear and worry. Knowing that if this were a dream things would follow a natural course, or a course he would decide on. He would know exactly what to say to her when she was a child, like lines from a play he had learnt by heart. But she was grown up now. She was a woman and he didn't know where dreams would take the two of them, because he had nothing worked

fhios aige go díreach céard a déarfadh sé léi agus í ina leanbh, amhail línte as dráma a bheadh curtha de ghlanmheabhair aige. Ach bhí sí fásta suas anois. Í ina bean, agus gan é cinnte cá n-iompródh na brionglóidí seo iad, mar nach raibh aon bhrionglóid cruthaithe aige a bhí gearrtha amach ná tomhaiste go speisialta don nóiméad aibí seo.

Tháinig mé ar thóir amhrán uait, a dúirt sí, í ag iarraidh, mheas sé, comhnóta éicint a nascfadh iad beirt a aimsiú, a d'fhéadfaidís a roinnt eatarthu.

Ar thóir amhrán, a dúirt seisean aríst, mar cheist. Anall as cathair mhór London, á n-iarraidh, a smaoinigh sé ina intinn, is é idir dhá chomhairle ar cheart dó áthas nó brón a bheith air.

Go díreach é, a chan sí. Anall as Londain ag foghlaim amhrán sean-nóis. Í ag foghlaim le bheith ina hamhránaí proifi-siúnta thall. Í ag iarraidh cúpla amhrán Gaeilge le cur lena líon is lena stór—le gné éicint bhreise a thabhairt isteach ina stíl, ina hurlabhra, ina cantaireacht, ina hornáidíocht, a dúirt sí. Ó bhí an Ghaeilge go paiteanta aici cheana agus ó bhí a cháil féin mar amhránaí cloiste aici ó bhí sí ina páiste scoile, an mbeadh sé sásta a chuid amhrán a thabhairt di sa tréimhse a bheadh sí thart i gConamara, a d'fhiafraigh sí.

Chuir an chaint seo iontas agus áthas le chéile air ionas gur bhronn suaimhneas mór air amhail suaimhneas beo broinne. Cinnte, ba é a dhualgas cabhrú léi aon seans a thabharfaí dó agus í a chur chun cinn sa saol aon bhealach a d'fhéadfadh sé. A shaibhreas féin a roinnt léi. A bhronnadh uirthi. A fhágáil le hoidhreacht is le huacht aici is ag glúin eile. Bhraith sé mórtas-ach aisti ar bhealach éicint. Is d'fhiafraigh sé ansin di an gcas-fadh sí amhrán amháin dó ionas go gcloisfeadh sé an chuid ab fhearr dá guth lena dhá chluas féin—murar mhiste léi. Níor mhiste. Agus sul má bhí an t-iarratas silte as a bhéal nár chuir sí brollach uirthi féin gur chroch sí suas 'A Stór Mo Chroí', í á

out, no dream ready-made for such a momentous occasion.

I'm looking for songs from you, she said, trying, he thought, to find a common thread to link them, something they could share.

Songs, he echoed, querying. All the way from the great city of London looking for songs, he thought, not sure whether to be pleased about it or not.

That's it exactly, she said. She'd come from London wanting to learn *sean-nós* songs. She was training as a professional singer over there. She wanted a few songs in Irish for her repertoire—to add something extra to her style, her phrasing, her modulation, her ornamentation, she told him. And since she already spoke perfect Irish, and since she had grown up hearing what a good singer he was, she was wondering if he'd be willing to teach her the songs he knew while she was here in Connemara.

The turn their talk was taking thrilled him to the bone. A deep, infinite calm expanded in him. Of course, it was only right that he should help her any chance he got, help her get on in life any way that he could. It was right that he should share the most precious thing he had with her. It would be his legacy, to her and to future generations. He felt strangely proud of her. Then he asked her to sing a song for him so that he could hear her voice with his own two ears—if she wouldn't mind that is. Not at all. And almost before the words were out of his mouth she had taken a huge breath and launched into '*A Stór Mo Chroí*' ['Oh Love of My Heart']. He was captivated, the sweet notes invading his ears and taking possession of his soul. He stared at her delicious mouth, her red lips shaping the words as they flowed out one by one, bending and twisting sometimes, to intertwine as they emerged. He knew instantly

chur faoi dhraíocht agus faoi gheasa aríst ag siollaí binne a cuid ceoil, a ghabh ceannas ceann ar a chluasa láithreach agus ansin ar a mheabhair go hiomlán nuair a neadaigh go domhain ina chloigeann. Stán sé ar a béal binn blasta is ar a liopaí dearga ag múnlú na bhfocal ceann ar cheann ina sruth, iad scaití á lúbadh is á gcasadh féin ina bhfíochán de réir mar a shearr siad iad féin amach as a béal. Thuig sé go rímhaith láithreach nár ghá dósan aon amhránaíocht a mhúineadh di, nach mbeadh sé in ann go deimhin tada seachas na focail a thabhairt di mar go raibh na foinn ag timpeallú ina maistreadh agus ag fiuchadh thar maoil istigh inti cheana féin, agus nach bhféadfadh seisean tada beo a dhéanamh ach eochair na bhfocal is na filíochta a chasadh agus ligean dóibh iad féin a shruthú amach aisti lena beannacht bhuíoch bhuacach.

Agus ní raibh an teach mar a chéile ón nóiméad a d'éalaigh sí léi abhaile uaidh deireanach an tráthnóna sin. Cé go raibh chuile bhall troscáin san áit chéanna a mbíodh leis na cianta mhothaigh sé go raibh chuile shórt difriúil—an solas a bhí níos gile, dathanna an troscáin a bhí níos gléine, níos soiléire, an teas a bhí níos boige, níos sláintiúla, boladh an aeir a bhí níos milse, níos úire ... níos folláine ... níos óige, níos meidhrí.

Shuigh sé síos ina lorg ar an iarta eile mar a raibh sise ina suí. Mhothaigh sé a teas sa gcúisín a bhí faoi, teas a chuir sruthanna beaga beochta ag éirí is ag eitilt suas trí smior a chnámh droma go cúl a chinn. Sruthanna dóchais a d'ardaigh a chloigeann go súgach céim ar chéim.

Chlaon sé a shúil ag féachaint timpeall na cistine aríst agus gan é cinnte céard a bhí ag spochadh as nó an suan nó mearbhall a bhí ag teacht air. Bhí binneas a gutha fós go tiubh san aer ag eitilt timpeall agus na focail a d'fhág sí ar crochadh ansin ag cuimilt a sciathán dá mhuineál, dá chluasa is dá leicne go ceanúil, ag foluain uathu féin ar fud an tí agus ag nascadh leis

that there was nothing he could teach her about singing. The words would be all he could give her, for he could see the tunes were already bubbling and simmering in her, about to overflow, and there was nothing he could do except turn the key of lines and words and the songs would stream out of her, sent out into the world, blessed by her gift.

From the minute she left the house late that night to head for home, nothing in it was the same. Although each piece of furniture still stood where it had for years, he felt everything was different—the light was brighter, the colours of the furniture more vibrant, the heat gentler, the air sweeter, fresher . . . better . . . younger, happier.

He sat where she had sat on the other side of the fire. He could feel her heat in the cushion under him and it sent little jets of excitement shooting up his spine to the crown of his head. A rush of hope and happiness gradually made him lift his chin.

He looked around the kitchen again, unsure what was bothering him or whether he was falling asleep or getting confused. The air was thick with the beauty of her voice and the words she had left in mid-air brushed his neck, his ears, his cheeks softly with their wings and fluttered about the house mingling with the perfume she had left lingering in her wake. The voice, the scent—who could say which was sweeter.

And he thought, after staring around like this for a while that all the furniture must have shifted slightly, the table, the chairs, the bench, the dishes on the dresser. They were clearer, more striking, a new sheen on them as if someone had used a soft damp cloth to whisk the grime out of all their nooks and crannies. The wooden legs and rails of the table and stools

an mboladh cumhráin a spréigh a corp timpeall an tí ina diaidh agus iad araon—an guth is an boladh—ag iarraidh an barr a bhaint dá chéile le milseacht.

Is mheas sé tar éis tamaillín a chaitheamh ag stánadh uaidh go raibh troscán an tí ar fad théis casadh timpeall de bheagán—an bord, na cathaoireacha, an stól fada, na soithí ar an drisiúr. Iad níos soiléire, agus níos feiceálaí anois is loinnir nua iontu amhail is dá mbeifí díreach théis éadach tais nó fliuch a chuimilt díobh a ghreamódh leo aon dusta dorcha a bheadh ag neadú ina ngruanna. Is bhí cosa is ráillí adhmaid an bhoird is na stólta ag taispeáint a gcuid ornáidíochta féin go soiléir freisin, is an solas breise a bhí ag snámh isteach tríd an gcuirtín éadrom cróiseáilte á ngealadh go lonrach . . .

Ach go tobann ansin nuair a smaoinigh sé athuair air féin thosaigh amhras ag teacht air láithreach faoina raibh os a chomhair amach agus faoi chumas a chéadfaí féin. B'fhéidir gurb é an t-iarta seo nár shuigh sé ann leis na cianta ba chúis leis, a dúirt sé leis féin, óir bhí sé ag feiceáil gach ní ón leataobh eile. Mheas sé go raibh sé buille beag níos gaire don fhuinneog, go mb'fhéidir gurb in ba chionsiocair leis an gclaonadh breise tuisceana. An ghile bhreise a bhí sé in ann a fheiceáil ar fud chisteanach a thí féin. Dhún sé a shúile go teann ansin ar eagla go raibh céadfaí a choirp féin ag cliseadh air nó ag strealladh bréag dó nó ag iarraidh a bheith ag cur breille is seachráin sí air. Rinne sé a bhealach chomh fada leis an gcathaoir shúgáin, a mhéara ag braistint an aeir is an spáis fholaimh roimhe. Lig sé é féin faoi agus thosaigh á luascadh féin siar agus aniar go rithimeach agus ag déanamh a mhachnaimh. É ag rá leis féin go mb'fhéidir go bhfillfeadh brionglóid aitheanta éicint eile air ach paidir bheag a ofráil . . .

Nuair a dhúisigh sé go mall an mhaidin dár gcionn bhí sé ag luascadh fós ina chuid éadaigh. Mhothaigh sé na rópaí súgáin

flaunted the beauty of their mouldings and the generous light pouring through the delicate lace curtains made a dazzle of them . . .

But when he thought about it again, he started to doubt what he saw before him, and the power of his own senses. Maybe it was just this spot by the fire where he hadn't sat on for years, he said to himself, since he was seeing everything now from the other side. He reckoned he was a shade closer to the window, and that maybe that was why everything seemed to have a different slant to it. This extra radiance that filled the kitchen of his own house. He squeezed his eyes shut, afraid his senses were failing or deceiving him, leading him astray and sending him off with the fairies. He made his way to the *súgán* chair, his hands stretched out in front of him, fingers probing air and empty space. He lowered himself into the chair and began to rock back and forth, back and forth, reflecting. Saying to himself that maybe one of his old dreams would come back to him, if he just said a little prayer.

When he woke up the next morning he was still rocking, fully dressed. Through his trousers he could feel hot welts on his haunches from the *súgán* ropes. That was how he'd spent the entire night. It took him a minute to figure out where he was. Then he felt robbed of the night, deceived. And the morning too had been snatched away from him by a thief or by who knows what. He rubbed the sleep from his eyes with his knuckles and the raw light of day blared through the window, blinding him for a minute. It felt strange to still have his clothes on, not to be able to get up and get dressed like any other morning. He couldn't remember sleeping on like this until the middle of the morning, not for years and years. And then he remembered

ag fágáil léasraigh scólta ar a mhásaí trína threabhsar. É théis an oíche a ligean thairis mar sin. Thuig sé nóiméad ina dhiaidh sin cá raibh sé. Bhraith sé ansin mar a bheadh an oíche goidte uaidh agus feall déanta air. Mar a bheadh a mhaidin fuadaithe uaidh freisin is í i seilbh gadaí nó neach éicint eile. Chuimil sé na sramaí as a shúile le hailt chrua a mhéar agus gháir solas lonrach an lae isteach tríd an bhfuinneog leis á chaochadh is á dhalladh ar feadh nóiméid. Mhothaigh sé aisteach mar go raibh a chuid éadaigh fós air agus mar nach bhféadfadh sé éirí amach as a leaba agus é féin a ghléasadh fearacht chuile mhaidin eile. Níor chuimhneach leis codladh go headra mar seo aon mhaidin cheana leis na cianta cairbreacha. Is rith sé leis gur mar gheall ar an spéirbhean a rug an codladh sa gcathaoir air agus shiúil sé timpeall an tí cúpla babhta féachaint an raibh gach rud ina áit féin nó an raibh sí théis marc nó lámh a leagan ar thada, ach chinn air athrú suntasach ar bith a bhrath, a fheiceáil, a chloisteáil ná a bhlaiseadh. Tháinig aiféala air nach raibh iarsma éicint sa teach a d'fhéadfadh sé a cheangal nó a lua léi is a tharraingt chuige . . .

Scanraigh sé ansin ar athsmaoineamh dó mar go mb'fhéidir nár tháinig sí chuig an teach inné beag ná mór, go mb'fhéidir gur baoisiúlacht nó buile a bhuail é nó gur i mbrionglóid a thuirling sí chuige le linn a chodlata in uair mharbh na hoíche nó ina aisling lae. Ransaigh sé trí véarsaí deireanacha na n-aislingí a bhí ar eolas aige go bhfeicfeadh sé cén bhail nó cén chríoch a bhain do na leannáin a roinn línte na n-aislingí lena chéile agus b'fhacthas dó gur beag só ná sásamh a bhí leagtha amach dóibh i ndeireadh báire. B'fhearr leis go mór nach in aisling a thiocfadh sí chuige ach ina steillbheatha beo beathach ach má tháinig sí ar chor ar bith, a dúirt sé leis féin, cén fáth nach féidir liom cuimhneamh ar a hainm fiú, má chuir sí í féin in aithne dom nó ar a laghad ar bith nach sílfeá go bhféadfainn cuimhneamh

it was because of that stunning woman that he had fallen asleep in the chair, and he walked around the house a few times to check that everything was in its rightful place, to see if she had left any trace but he couldn't see or hear or taste anything different. He felt sad that she had left him nothing, nothing to remind him of her, nothing to hold on to . . .

He worried then that maybe she hadn't come to the house at all the day before, that maybe he had fallen into a fit or gone astray in the head, or that maybe it was just some midnight dream or vision at dawn that had tricked him into thinking she was here. He ran through the last three verses of the *aislingí* he knew, the songs about visions like that, to see what happened in the end to the lovers who had composed them and he had to admit that it didn't look like they ever had much of a happy ending. He hoped with all his heart she hadn't come as a vision but for real, large as life, but if she came at all, he said to himself, why can't I even remember her name. If she did introduce herself to me wouldn't you think at least some name would come into my head or, if it was a strange name, something like it. But not so much as a letter of it could he remember, except Niamh Chinn Óir which was his own name for her, the name he always called her in his own mind. Still, despite his doubts, something deep in his bones told him she really had been there and he started to say aloud the names of songs that would keep her with him and sing her graceful beauty—*An Páistín Fionn, An Bhruinnillín Bhéasach, An Mhaighdean Mhara, Eileanóir na Rún, Cailín Deas Crúite na mBó,* [The Golden-haired Child, the Modest Maiden, the Mermaid, Beloved Eleanor, the Little Milkmaid] . . . And instead of going out to milk the cow and feed the calf he spent the whole afternoon sitting

ar ainm éicint a bheadh cosúil nó réasúnta cosúil leis más ainm
aduain a bhí ann. Ach ainm ná litir fiú ní raibh sé in ann a
lua léi ach amháin Niamh Chinn Óir mar a bhaistíodh sé ina
intinn féin uirthi i gcónaí roimhe seo. Ach ainneoin sin is uile ní
ligfeadh smior a chnámh dó a chreistiúint nár tháinig sí chuige
agus thosaigh sé ag glaoch ainmneacha amhrán os ard uirthi a
bhuanódh í agus a léireodh, dar leis, an ghrástúlacht álainn a
bhain léi—'An Páistín Fionn', 'An Bhruinnillín Bhéasach', 'An
Mhaighdean Mhara', 'Eileanóir na Rún', 'Cailín Deas Crúite
na mBó' . . . Agus in áit dó dul amach agus an bhó a bhleán is
an lao a réiteach chaith sé an tráthnóna iomlán sínte siar ar an
teallach ó chluas go drioball ag cur amhrán grá go fraitheacha nó
go raibh sé báite sa gceol is gur tháinig éanlaith iomadúil an aeir
is gur sheas ar leic na fuinneoige go hómósach agus cluas ghéar
le héisteacht orthu agus iad ag súil le cuid dá chuid nótaí binne
ceoil a ardú leo ar iasacht uaidh le canadh go binn buacach dá
gcomhluadair iomadúla féin.

at the hearth, steeped to the rafters in love songs, until scores of the birds of the air came down and stood on the window-sill listening in, hoping to pick those sweet notes up from him, to borrow them and fly away with them and sing them back, tuneful and triumphant, to all the others of their kind.

Mír III

Ach nach dtagadh sí ar cuairt chuige go mín rialta ina dhiaidh sin, laethanta agus oícheanta as cosa a chéile, scaití. Ceol, amhráin agus portaireacht bhéil a bhíodh uaithi. Chreid sé ar dtús gurb é binneas a ghutha féin agus a chuid amhránaíochta a bhíodh á múscailt is á mealladh. Í á santú di féin mar a shantódh páiste maide milis. Jeaic Sheáin Johnny Eoinín, a deireadh sí. A Jeaic Sheáin Johnny Eoinín, agus í ag labhairt leis as a ainm agus ainm a shinsear le chéile nuair a chuirfeadh sí ceist air faoi líne éicint as amhrán nach dtuigeadh sí nó dá mbeadh sí ag iarraidh air tosú ar amhrán nua di agus dul ar seachrán sa seanchas a bhain leis ina lár. Agus thaitin a guth, a tuin cainte agus a cuid bladair leis, go háirithe an chaoi a gcuireadh sí fonn beagnach lena ainm nuair a deireadh é. Jeaic Sheáin Johnny Eoinín is í ag baint clinge as an '-ín.' Agus ní úsáideadh sí a shloinne ariamh ... Agus ní labhraíodh seisean léi as a hainm baiste féin ariamh mar gur dhiúltaigh scun scan dó mar a dhiúltódh an diabhal don uisce coisricthe. Chuir sé faoi bhrí na mionn í geábh gan a hainm baiste a inseacht dó choíche amhail is dá mbeadh smál doirte air nó go bhfágfadh gliogar glugarach ina chluasa. Tabharfaidh mé ainmneacha mo chuid amhrán ort, na hamhráin ghrá is áille dá bhfuil cumtha, a dúirt sé léi agus cé gur cheap sí i dtosach go raibh sé seo aisteach cheap sí go raibh sé iontach greannmhar freisin agus thugadh sí cead a chinn agus gach ugach dó nuair a bheannaíodh sé di mar 'A Neainsín Bhán', 'A Bhruinnillín Bhéasach' nó 'A Pháistín Fionn'. Bhraith sé gur mheas sí gurbh onóir álainn ollmhór di í a bheith á cur i gcomparáid leis na spéirmhná a bhíodh sna hamhráin seo a bhí na céadta bliain d'aois, a casadh do na mílte cluas aniar trí na glúnta agus a bhí á bhfoghlaim is á sealbhú aicise anois uaidh,

Part III

Incredibly, she came to visit him regular as clockwork after that, days and nights, and sometimes even twice a day. She wanted music, songs, tunes. He thought at first that his mellow voice and singing were what attracted her. She loved his singing, was greedy for it like a child in a sweetshop. *Jack Sheáin Johnny Eoinín* she would say. *Jack Sheáin Johnny Eoinín*, calling him by his name and the names of his forefathers when she asked him a question about some line in a song that she didn't understand or when she was trying to learn a new song and in the middle of it wanted to know the story behind it. And he loved hearing her voice, her accent, the things she would say, especially the way she would almost sing his name when she spoke it. *Jack Sheáin Johnny Eoinín*; she sounded the 'ín' part like a bell. She never used his surname . . .

And he never called her by her given name. He shied away from it, like the devil from holy water. He made her swear once never to tell him the name she was christened as if it was tainted or would offend his ears. I'm going to call you the names of my songs, the most beautiful love songs ever composed, he said to her and although she thought this was strange at first she also thought that it was very funny and she let him do as he pleased, and didn't turn a hair when he called her 'A Neainsín Bhán' [Lilywhite Nancy], 'A Bhruinnillín Bhéasach' [The Modest Maiden] or 'A Pháistín Fionn' [The Golden-haired Child]. He thought she took it as an honour to be compared to the beautiful heroines of these songs that were hundreds of years old, that

ionas gur threisigh ar an gcairdeas is ar an dáimh dhiamhrach a bhí eatarthu.

Is bhíodh seisean é féin faoi dhraíocht aicise aon uair a chasadh sí amhrán, go háirithe nuair a chasadh sí ceann de na hamhráin a bhíodh díreach múinte aige di. Bhraith sé gur thug sí léi na hamhráin chomh héasca éadrom agus a thabharfadh piocaire póca punt as sparán agus b'ola ar a chroí dó na siollaí ornáidithe a chloisteáil á sní féin amach as a béal ina sruthanna agus ag líonadh suas aer an tí ina thimpeall mar a bheadh uisce úr séalaithe ó bhroinn na talún ag líonadh tobar fíoruisce. Scaití dhúnadh sé a shúile ag plúchadh a amhairc uirthi chun deis a thabhairt dá chluasa iomlán a gutha a bhlaiseadh, siolla réidh fileata ar shiolla nó go dtiocfadh íomhá dá seanmháthair isteach ina intinn . . .

Agus spreag sise tuilleadh é le páirceanna treafa a intinne a chartadh is a chíoradh ar thóir amhrán agus thosaigh sé ag tochailt faoi as éadan. É i gcónaí ag iarraidh amhráin nua a aimsiú di lena sásamh. Seanamhrán éicint a bhí sáinnithe i gclais éicint thiar i gcillíní doimhne dearmadta a intinne. Cuid acu nár dhúirt sé leis na cianta, iad beagnach éalaithe uaidh nó go dtugadh chun cuimhne anois iad ina strácaí—é á mealladh go barr uachtair a chinn, líne strae ar líne. Cuid acu nár thrasnaigh a ghuth, a ghlór ná a bheola ó laethanta dóchasacha a óige, ón am úd a mbíodh sé ag imeacht go fánach le haer an tsaoil— amhráin chúirtéireachta, amhráin mholtacha, amhráin ghrá, amhráin imirce, amhráin bháis is bháite, amhráin choinsiasacha . . . Agus de réir mar a bhí sé ag athfhilleadh ar sheanamhráin dá chuid is ar bhóithríní na smaointe bhraith sé go raibh sé á lánú féin agus ag déanamh athnuachana air féin, ar a chorp féin, ar a intinn féin, ar a chroí féin, ar a spiorad féin, ar a anam féin á shlánú is á iomlánú féin, amhail is dá mbeadh a óige á bronnadh ar ais air mar bhrabach i ndeireadh a shaoil nó b'in

had reached thousands of ears down through the generations, songs that she was now learning from him, making her own of, and this strengthened their friendship, the mysterious affinity between them.

He himself was spellbound whenever she sang, especially if it was a song he had just taught her. It seemed to him that she picked up the songs as deftly and easily as a pickpocket lifts a pound from a purse and it soothed his heart to hear the ornate notes streaming from her mouth and filling the air of the house around him like pure water seeping from deep underground up into a freshwater spring. Sometimes he would close his eyes, blanking out her face so that his ears could have their fill of her voice, one steady, expressive note after another, until a picture of her grandmother came into his head . . .

She moved him to rake the ploughed fields of his memory for songs, and he set about it, delving busily. Always looking for a new one that she would like. Some old song that had been trapped deep in the dungeons of his brain. Some of them he hadn't sung for years. They were all but forgotten but he dredged them up in fragments, trawled for them and hauled them, line by line, up to the surface of his mind. Some of them hadn't crossed his lips since those hopeful days when he was young, since the time he had walked lightly through life— courting songs, odes to beauty, love songs, songs about emigration, songs of death and drowning, protest songs . . .

Gradually, as he revisited the old songs and the memories they carried, he felt he was fleshing himself out, renewing himself, body, mind, heart, spirit and soul, making himself whole again. It was as if his youth was being returned to him like a gift at the end of his life, at least that's how it felt in his bones

a bhraith sé i smior a chnámh is i bhfuil dhearg a chuisleacha. Shílfeá, a dúirt sé leis féin maidin amháin nuair a d'éirigh sé le breacadh an lae, gurb amhlaidh a chuir mé m'óige isteach i dtrunc taisce na blianta fada ó sin, gur cuireadh an eochair amú orm nó gur aimsigh Niamh Chinn Óir dom í agus go bhfuilim anois i dteideal m'óige féin a bhí tráth séanta orm agus an smais d'ús atá ginte aici a tharraingt amach i mo sheanaois le caitheamh is le maireachtáil aríst de réir mar is áil liom. Agus smaoinigh sé ansin go gcaithfeadh sé go raibh sé marbh leis na blianta fada, nó go ndearna sé dearmad go raibh sé fós beo sa saol amhail is dá dtiocfadh néal codlata céad bliain air nó gur chuir an Chúileann mar a thug sé an mhaidin úd uirthi séideoga saoil ann leis na hamhráin a bheoigh suas anois aríst é. Agus dá bharr bhisigh is bheoigh chuile mhíle ní ina thimpeall féin de réir mar a leag sé súil nó lámh air. Bhraith sé go mbíodh áthas ar an gcathaoir shúgáin nuair a shuíodh inti is go mbíodh níos compordaí, go mbíodh pluideanna a leapa i ngrá lena chneas nuair a shíneadh sé siar eatarthu chun suain is gur tháinig a dhá oiread teasa uathu oícheanta fuara. Bhí an gadhar is an cat níos suáilcí lena chéile ar an teallach agus a gcoirp le feiceáil sínte trasna ar a chéile go minic. Bhíodh ainneachaí áthais ag éirí go haerach aníos as broinn na tine aon uair a mbaineadh sé cartadh as na fóid leis an tlú. Bhíodh sé ag síoramhránaíocht leis dóibh ar fad agus é cinnte go raibh na cluasa bioraithe ag na ballaí ag éisteacht leis. Dá mba í an bhó bhainne í fiú, thálfadh sí muigíní breise bainne dó trí shruth a lámh agus é ag crónán amhráin éagsúla di chuile mhaidin agus é á bleán nó go mbíodh an buicéad mór ag cur thar maoil le bainne cúrach bán, faoin am a gcuirfeadh sé fíor na croise ar a ceathrú deas leis.

and blood. You'd think, he said to himself one morning, getting up at dawn, that I stashed my youth away in a trunk long years ago, that I lost the key until Niamh Chinn Óir found it for me and that now in my old age I've earned the right to draw on the youth that was locked away, and the bit of interest that's built up on it, to spend and re-live as I please. And he thought then that he must have been dead all those long years, or that he forgot he was still alive in the world, as if he was sleeping the sleep of a hundred years until the Cúileann, as he was calling her that morning, had breathed life into him again, resuscitated him with songs. And because of that, every one of the thousand things around him, everything that he looked at or touched, seemed alive and excellent. He felt that the *súgán* chair was thrilled when he sat on it and that it was much more comfortable, that the bedclothes were in love with his skin when he lay between them to sleep and that they gave twice as much heat on cold nights. The dog and the cat were nicer to each other, often snuggling up together on the hearth. Sparks of joy flew from the heart of the fire whenever he jabbed at the embers with the tongs. He sang away to them all the time, sure that the very walls were pricking up their ears to listen. Even the cow sent extra mugs of milks streaming through his hands as he hummed various songs to her in the mornings and he milked her and the big bucket would be full to the brim with foamy white milk by the time he put the sign of the cross on her right hindquarter.

Mír IV

Dhúisigh sé de phreab in uair mharbh na hoíche amhail is dá mbuailfí rap fiáin ar dhoras a thí. Bhí fuarallas leis. Scanraíodh é ionas gur thóg tamall air smaoineamh cá raibh sé. Thuig sé ansin go raibh sé théis titim ina chodladh sa gcathaoir shúgáin aríst agus a chuid éadaigh fós air. Mheas sé ar dtús go raibh a chorp greamaithe sa gcathaoir leis an bhfuarallas agus nach scaoilfí choíche é. Bhraith sé ansin go raibh sé ag cur allas fola amach trí phóireanna uile a choirp is go raibh a chuid fola ag silt anuas as go righin ina braonacha móra nó go raibh lochán dúdhearg déanta aici faoina chosa is ar fud an urláir agus amach an doras ar an tsráid. Mhothaigh sé gabhal a threabhsair fliuch báite agus thuig sé ansin go raibh sé théis é féin a fhliuchadh le sceitheadh nó le scanradh. Chuimhnigh sé nár fhliuch sé a threabhsar cheana ó bhí sé ina phataire gasúir.

Las sé an solas. Bhraith sé fós an rap torainn a chuala sé ag ciorclú go gliogarnach timpeall ina chluasa. Ach bhí an gadhar is an cat ina gcodladh ar an teallach, rud a mhéadaigh a iontas is a amhras. Thuig sé ansin nár bhain siadsan aon chor ná casadh astu féin a dhúiseodh é. Ach dá mbuailfí ar an doras, chloisfeadh an madra cluasach an rap freisin, chaithfeadh sé, a d'admhaigh sé ina intinn. B'fhéidir gur ar mo chluasa atá sé, a dúirt sé leis féin os ard, nó sin gur tháinig seachmall seachránach éicint orm. Is é sin murar rap cabhrach de chuid an tslua sí nó na marbh a bhí ann le mé a chosaint ar thromluí. Ach ní raibh sé cinnte ainneoin sin agus chrágáil sé trasna an tí go leathchodlatach agus d'ardaigh cuirtín na fuinneoige leataobhach de bheagán. Ach ní raibh sé in ann dé a fheiceáil amuigh ach an dorchadas dubh dubhach.

Part IV

He woke with a start in the dead of night to the sound of a wild knock at the door of his house. A cold sweat came out on his skin. He got such a fright that it took him a while to figure out where he was. Then he realised he had fallen asleep fully dressed in the *súgán* chair again. He thought at first that his body was stuck to the chair with the sweat and that he would never get out of it. Then he felt that he was sweating blood through all the pores of his body and that the blood was running in thick drops down to form a dark red pool at his feet and all over the floor and out the door out onto the ground. He felt the crotch of his trousers soaking wet and he realised then that he had wet himself, from the fright. He hadn't wet his trousers since he was a small child.

He put on the light. He could still hear the terrible knock, reverberating in his ears. But the dog and the cat were asleep on the hearth, which surprised and puzzled him all the more. He knew then it wasn't they who had made the noise that had woken him. But if anyone had knocked at the door, the sharp-eared dog would certainly have heard the sound too, he reasoned. Maybe it's my ears, he said aloud to himself, or some kind of hallucination. Either that or it was the fairies or something helpful from the other world, trying to wake me out of a nightmare. But he wasn't too sure all the same and he plodded sleepily across the room and drew the curtain back a little. He couldn't see a thing outside, only the deep black dark.

Ach bhí a fhiosracht fós gan sásamh agus chuaigh sé go dtí an doras, ar fhaitíos na bhfaitíos go mbeadh éinne amuigh ansin ag glaoch air nó á thóraíocht nó in aon an-chás in uair mharbh seo na hoíche. Bhí sé ar tí an bolta uachtair a bhaint den doras nuair a thug sé faoi deara nach raibh sé boltáilte ar chor ar bith aige. D'ardaigh an laiste agus d'oscail isteach chuige. Bhreathnaigh amach. Ní fhaca tada. Thóg dhá choisméig amach taobh amuigh ar na céimeanna sa bhfionnuaire. Ach tada ní raibh sé in ann a chloisteáil, a fheiceáil, a bholú, ná a mhothú, ach amháin an dorchadas dubh a bhí pacáilte ina bhlocanna tiubha chuile áit ina thimpeall. Gan fiú corrán gealaí sa spéir ná réalt aonarach eolais amháin le beannú anuas dó.

Dhún sé an doras, á ghlasáil is á bholtáil in uachtar agus in íochtar an babhta seo. Mhúch solas na cistine. Dhreap in airde an staighre ghíoscánaigh go mall, é ag mothú fhuaire fhliuch a threabhsair níos measa méisiúla ar ardú a choiscéimeanna. Bhí cineál náire air faoina sceitheadh mar a bhíodh agus é ina ghasúr beag nuair a d'fhliuchfadh é féin, tráth a n-athraíodh a mháthair a chuid éadaigh dó go gearánach comhairleach.

Ar a Niamh Chinn Óir a smaoinigh sé agus é ag scaoileadh de a chuid éadaigh ina sheomra codlata. B'ise, chaithfeadh sé, a bhuail an rap siúil ar an doras lena dhúiseacht agus lena threorú chun a leapa. É os cionn seachtaine anois ó thug sí cuairt go deireanach air, ainneoin a spleodraí a bhí sí i ndiaidh a chuid amhrán. Fanacht uaidh mar sin gan fiú slán ná beannacht a fhágáil aige … Cá raibh a buíochas? Chaithfeadh sé gur bhain rud éicint di, gur stop rud éicint í, a smaoinigh sé ansin. Murar thinneas éicint a bhuail í. Murar chaith sí greadadh léi faoi dheifir. Céard a dhéanfadh sé gan a comhluadar feasta má bhí sí scuabtha léi ar ais go Londain? Ach níor chreid sé go ndéanfadh sí é sin air. Bhí cneastacht óg shoineanta éicint ag rith léi. Agus suáilceas. Cá bhfios nach óna máthair bhocht,

Still curious, he went to the door, just in case somebody might be out there calling him or looking for him, someone in trouble at this dead hour of night. He was about to take the top bolt off the door when he saw that he hadn't bolted it at all. He lifted the latch and opened the door inwards. He looked out. Nothing there. He ventured out onto the step, into the cool of the night. But all he could hear or see or smell or feel was the black dark, thick blocks of it stacked closely all around him. Not so much as a sickle moon in the sky or a single stray star to wink knowingly down at him.

He closed the door, locking and bolting it above and below this time. He switched off the kitchen light. He climbed the creaky staircase slowly, the wet cold of his trousers more unpleasant with every step. He was ashamed to have lost control just like when he had wet himself as a child, and his mother would change his clothes, scolding and fussing.

Niamh Chinn Óir was the one he thought of as he took off his clothes in the bedroom. It must have been her who knocked at the door to wake him and make him go to bed. It was about a week now since she had last called, despite how fired up she'd been for his songs. Staying away from him like that without so much as a hello or goodbye . . . Where was her gratitude? Something must have happened, something must have stopped her, he thought. Either that or she had fallen ill in some way. Or else she had had to leave in a hurry. What would he do without her, if she had vanished off to London? But he didn't think she would do that to him. She had a young, innocent sort of sincerity about her. And kindness. He supposed it was from her poor mother, God bless her, that she had got such admirable traits. The thought sent a tingle of happiness up his bare back

beannacht dílis Dé léi, a thug sí na dea-thréithe úd. Chuir an smaoineamh sin dinglis ríméid trí chnámh nocht a dhroma agus é á ísliú féin isteach i log na leapa go tuirseach. Bhraith sé i bhfad níos suaimhní anois ná mar a bhraith nuair a gheit sé as a thromluí. Ba spéirbhean chneasta í, a mheabhraigh sé dó féin agus é ag dúbailt a philiúir chlúimh lachan faoina chloigeann go compordach. Thiocfadh sí ar ais. Thiocfadh. Is bheadh leithscéal maith aici. Thabharfadh sé maithiúnas di. Nó chuirfeadh sí teachtaireacht chuige ar a laghad ar bith as cibé cúinne den chruinne ina raibh sí. Bheadh an méid sin gnaíúlachta tugtha léi aici óna sinsir ar a laghad ar bith, a dúirt sé, agus shíl sé guth a cinn a fhadú is a ardú ina chluas aríst, is bhí sé ag iarraidh pictiúr a haghaidhe a athchruthú ina intinn ... Ach ansin mhothaigh sé lionn dubh á chlúdach agus tháinig scáth air titim ina chodladh, faitíos go sciorrfadh sé isteach i dtromluí aríst, tromluí a bháfadh é, b'fhéidir, an babhta seo. Ó, a Phéarla an Bhrollaigh Bháin, cá bhfuil tú anois anocht, a scread sé amach os ard. Cá bhfuil tú uaim agus mo chroí is m'anam is m'intinn á sciúrsáil féin is á ndaoradh ag smaoineamh ort. Cibé céard a bhain díot. Agus thosaigh sé ag canadh an amhráin agus faobhar ar a ghuth, ag súil go snámhfadh na focail is na siollaí ceoil amach an doras nó suas an simléar agus nach stopfaidís ach ag eitilt leo go fáinleogach nó go dtuirlingeodh ar a cluasa mánla lena mealladh ar ais chuige roimh fháinne geal an lae:

> Tá cailín deas 'om chrá
> le bliain agus le lá
> Is ní fhéadaim í a fháil ...

ach stop sé ina staic ansin théis cúpla abairt nuair a chuala sé gíoscán géar a ghutha féin agus an crith garbh a bhí ina ghlór mar go raibh sé cinnte gur thúisce a ruaigfeadh an straidhn a bhí ina ghuth gadhar strae ocrach óna dhoras, ná ainnir rósbhéalach

as he lowered himself squarely, wearily into bed. He felt a lot
more peaceful now than he had when he awoke from the night-
mare. She was a beautiful, compassionate creature, he reminded
himself, doubling over the feather pillow comfortably under his
head. She would come again. She would. And she would have a
good explanation. He would forgive her. Or she would at least
send him a message from whatever corner of the world she was
in. She would have at least that much decency in her nature
and from her upbringing, he said to himself, and her voice be-
gan to sound in his ears again, and he started trying to recreate
her face in his mind again . . . But then he felt the dark weight
of the covers and a shadowy dread came over him as he started
to fall asleep, a fear that he would have a nightmare again, one
that would finish him, this time. *A Phéarla an Bhrollaigh Bháin*,
[Oh, Snowybreasted Pearl], where are you tonight, he shouted
out. Far away from me, and my heart is scalded, my soul ob-
sessed, thinking about you. What could have happened to you?
And he started singing a song, a tinge of harshness in his voice,
hoping that the words and notes would float out the door or up
the chimney, unstoppable swallows making their way to her re-
ceptive ears, to coax her back to him before it was day again:

> *Tá cailín deas 'om chrá*
> *le bliain agus le lá*
> *Is ní fhéadaim í a fháil*

> [There's a colleen fair as May;
> for a year and for a day
> I have sought by every way her heart to win]

but then he stopped dead after a few lines when he heard the
harsh croak of his own voice, and the rough quavering of it,

a mhealladh chuige i lár na hoíche. Ná habair go bhfuilim ag cailleadh bhinneas mo ghutha freisin chomh maith léise, a chaoin sé, an t-aon seoid a d'fhág Dia agam sa saol uaigneach aonarach seo, an taon bhua a bhronn solas is sólás ariamh ar mo shaol. Cén chaoi a bhféadfainn fanacht beo lá amháin eile dá huireasa, agus anois is mé gan guth, ní móide go mbeidh sí do m'iarraidh. Céard a dhéanfas mé liom féin feasta ... ?

Ansin thosaigh sé ag díriú chumhacht agus dhíograis iomlán a shamhlaíochta ar an mbean spéiriúil aríst nó go bhfaca sé í ag teacht tríd an gceo ag snámh go tréan géagach aníos cuisle na farraige go Ros Cuan Sáile chuige. Is nuair a d'ardaigh sí í féin aníos as an bhfarraige mhór le spreac a géag chonaic sé í ina Maighdean Mhara. Agus dá áille í óna básta gléigeal aníos, ba shleamhain sciorrach lannach í uaidh sin síos ionas nach raibh inti ach leathbhean. Cén fáth nach dtagann tú chugam go hiomlán i do chruth is i do chló féin, a d'fhiafraigh sé di nó cé is cionsiocair leis na bearta crua seo ar fad.

Ach níor fhreagair an Mhaighdean Mhara é ach d'oscail sí leabhairín beag fliuch a tharraing sí aníos óna brollach ar leathanach tirim gan uimhir ná teideal agus leag sí a méar — méar an fháinne — ar an bpictiúr de bhean óg a bhí ag breathnú amach ón leathanach buíbhán griandóite. Ó, do mháthair, nach in í do mháthair bhocht, a dúirt sé os ard léi, agus é ag ardú a chaipín go hómósach agus ag cur beannacht Dé lena hanam. Dhún an leabhairín uaithi féin ansin de phlap amháin i mbois bhán a láimhe. An é nach n-aithníonn tú í, a stóirín, a dúirt sé aríst. Ach má dhún an leabhairín féin bhí an pictiúr greanta greamaithe ina intinn mar a bheadh stampa greamaithe ar iarann agus nuair a chuir sé i gcomparáid é le pictiúir eile a chuimhní cinn bhí sé cinnte nach raibh difríocht ar bith eatarthu ach iad chomh cosúil sin le dhá phrionta a d'fháiscfí as an diúltán dorcha céanna.

realising that the strain in his voice would be more likely to frighten a hungry stray from the door than lure a red-lipped beauty to him in the middle of the night. Don't tell me I'm losing my voice now as well as losing her, he moaned, the only jewel God gave to me in this lonely life, the only gift that ever in my life brought me light and comfort. How can I go on one more day without her, and without my voice she won't want to know me. What will become of me . . . ?

He began to focus all the power and intent of his imagination on that lovely woman again until he could see her swimming through the mist, striking out strongly across the channel to Ros Cuan Sáile and to him. And when she rose up out of the sea he saw she was a mermaid, *An Mhaighdean Mhara*. And for all that she was lovely from the waist up, from the waist down she was shiny and slippery and scaly, only half a woman. Why don't you come to me full and whole, in your own shape, he asked her. What has turned you into this? But the mermaid didn't answer him, she only took a little wet book from her breast, opened it to a dry page without a number or a title on it. She pointed—with her ring finger—to the picture of a young woman looking up from the sun-yellowed page. Oh your mother, isn't that your poor mother, he said to her raising his cap in respect and asking God's blessing on her soul. With her white hands she closed the book with a snap. Do you not recognize her, love, he asked her. And though the book was closed the picture was stamped indelibly on his mind like the brand of an iron and when he compared it to the picture he held of her in his memory he saw that there was no difference between them, they were like two prints from the same dark negative.

Ó, go deimhin, a dúirt sé ansin, caithfidh sé gurbh í do sheanmháthair atá do do choinneáil uaim, atá ag iarraidh teacht eadrainn agus ní raibh ar a chumas an slabhra corrach smaointe a tharraing iad féin trína intinn mar thraein thorannach ann a stopadh ná a shrianadh ach iad fágtha ansin ina intinn mar a bheadh ina rópa cruach ann cardáilte timpeall i gciorcail. Rópa a bhí chomh crua láidir is nárbh fhéidir é a bhriseadh ná fiú snaidhm a chur air lena stopadh ag rolladh timpeall, timpeall agus timpeall.

Agus ansin thosaigh an dá éadan ag iomaíocht lena chéile os comhair a dhá shúl mar a bheadh pictiúr ar chainéal teilifíse ann a mbeadh pictiúr iasachta eile ag brú isteach ar a spás aeir. Iad scaití ina meascán de mhíreanna mearaí agus scaití eile beagnach ar aon bhuille agus ag nóiméid mar sin is ar éigean a d'aithníodh sé go mbíodh difríocht ar bith eatarthu agus an dá éadan mar a bheadh leáite isteach ina chéile.

Ach de réir a chéile ansin, agus i gcoinne a thola, bhí an tseanmháthair á brú féin chun tosaigh ionas gurbh í ba threise a bhí i gceartlár an phictiúir agus ise í féin fillte ar aois na hóige ionas gur thosaigh a háilleacht ag athoscailt go mall na scoilte scólta a d'fhág sí ina chroí leathchéad bliain roimhe sin. Scoilt leochaileach a shíl sé a chneasú, is a dhúnadh is a dhearmad le slánú righin ciúin na mblianta fada uaigneacha. Scoilt nach gceadódh sé dó féin dul ina gaobhar beag ná mór le blianta ... Ach bhí sí os a chomhair anois agus a chroí bocht á chéasadh leis an scoilt a bhí athoscailte aici nó gur iompaigh a chroí féin amach os a chomhair agus chonaic sé an taobh istigh a bhí ina chriathar agus na deilgne go léir a bhí sactha isteach ann, ann fós—leathchéad acu, ceann do gach bliain agus sileachaí móra de chloigne dubha déanta ag a bhformhór.

An gá dom é seo go léir a fhulaingt aríst, a d'fhiafraigh sé, ag gearradh chomhartha na croise céasta air féin agus ag seoladh

Oh yes, he said then, it must be your grandmother who's keeping you from me, trying to come between us, and the chain of his troubled thoughts sped on through his mind like a runaway train; they were like a rope of steel spun into a loop. A rope that was so hard and so strong it couldn't be broken, couldn't even be knotted to stop it winding round and round, round and round.

And then the two faces started to compete in his mind's eye like a programme on a television station with pictures from another station cutting in on its air space. Sometimes they were a blur of crazy fragments, other times they almost merged, and in those moments he could hardly tell the difference between them, the two faces seemed to have melted into one.

Then gradually, though this was the last thing he wanted, the grandmother started to push into the foreground until she was the clearest one in the picture and she too was young again, her loveliness re-opening the searing wounds she had left on his heart fifty years before. Aching wounds that he had thought could be healed by the steady, quiet cure of the long, lonely years. Wounds he hadn't allowed himself to think about for so long . . . But she was in front of him now and his poor heart was tortured with remembered pain and before his very eyes his own heart turned itself inside out and he saw that it had been pierced by spikes, over and over, fifty wounds, one for each year, with round, black drops falling from them.

Do I have to go through all this again, he groaned, making a fervent sign of the cross, itself the symbol of pain, and sending a prayer to wherever God was. But the stabbing pain in his heart seemed to get worse and other screaming pains convulsed his body, forcing him up out of bed and down onto his knees

paidre chuig an áit a raibh Dia. Ach is i ndéine a chuaigh an
arraing a bhí ina chroí agus ansin thosaigh arraingeacha agallta
eile ag stangadh a cholainne ionas gur chuir an phian amach as
a leaba é agus síos ar a dhá ghlúin den chéaduair le leathchéad
bliain—ón mhaidin fhada Shathairn Chásca úd ina raibh sé
fágtha ag leathghuí ag bun na haltóra ina chulaith dhubh—
is ba ar a ghlúine ansin dó a tháinig lagar agus naoi néal air . . .

Nuair a dhúisigh sé den urlár ar maidin fuair sé boladh
éisc ina pholláirí agus ar fud an tseomra leapa. D'oscail sé an
fhuinneog chun aer úr a ligean isteach agus an boladh trom a
ruaigeadh. Chrágáil sé a bhealach síos an staighre ansin agus
thug sé faoi deara láithreach clúdach gorm litreach brúite
isteach faoin doras. Bhí a fhios aige go gcaithfeadh sé gur am
éicint i lár na hoíche a sacadh isteach ann é mar nach raibh sé
ansin ag dul a chodladh dó, cé gurbh aisteach leis nach ndearna
an madra aireach aon gheonaíl ná tafann. Thóg sé ina lámh é
agus é ar crith. Ní raibh ainm, stampa, branda ná lorg méar
air. Nuair a d'iompaigh sé bunoscionn é chonaic sé nach raibh
dúnadh, fáscadh ná séala air ach oiread ach an liopa cúil fillte
isteach san oscailt. D'oscail sé amach é chomh sciobtha ábalta
agus a lig na scoilteacha dá mhéara ionas gur stróic amach as an
t-aon bhileoigín bhándearg amháin a bhí ann.

Bhí a fhios aige láithreach gur uaithi é sul má bhí an dá
fhilleadh bainte as an mbileoigín aige. Rinne sé gáire beag
anamúil leis féin agus gheit a chroí. Cé nach raibh ainm ná
seoladh uirthi bhí a fhios aige go maith gurb í a lámh luaimneach
a rug ar an bpeann a scríobh í. Faoi dheifir ba léir . . . Aiféala
uirthi, a ghéill sí, ach ní fhéadfadh sí teacht ar cuairt faoi láthair
mar go raibh a seanmháthair tinn. An-tinn. Ar leaba a báis. Is
gan aici ach í anois le haire a thabhairt di . . .

for the first time in years—the first time since that long Easter
Saturday morning when he was left alone at the foot of the al-
tar in his black suit—and there on his knees, his head began to
spin and world went black . . .

When he woke up on the floor in the morning the bed-
room stank of fish. He opened the window to let fresh air in
and the odour out. Then he trudged downstairs. Straight away
he saw the blue envelope pushed under the door. He knew that
it must have been put there some time during the night be-
cause it hadn't been there when he went to bed, though he was
amazed the ever-vigilant dog hadn't started barking. Trembling,
he picked it up. There was no name on it, no stamp, mark or
fingerprint. When he turned it over he saw it wasn't sealed ei-
ther, just the back flap tucked into the opening. He opened it
then as quickly and deftly as the pains in his hands would let
him and pulled out the one pink sheet that was inside.

He knew immediately, even before he unfolded it, that it
was from her. His heart contracted and he gave a little high-
pitched giggle. Although there was no name or address on the
letter he knew that it had been written by her own steady hand.
In a hurry, it seemed . . . So sorry, she said, but she couldn't
come to see him at the moment because her grandmother was
ill. Very ill. On her deathbed. And there was no-one there to
take care of her now except her . . .

Mír V

Ní raibh seachtain caite nuair a chuala sé feadaíl lá. Lá breá a
bhí ann. É an-bhrothallach. I ngarraí an tí a bhí sé ag baint
fhéir lena speal. Bhioraigh sé a chluasa, dhírigh a dhroim agus
sheas sé suas i lár an gharraí, a leathchos leagtha aige ar cheann
de na sraitheanna úra d'fhéar glas a bhí nuabhainte. Nuair a
threisigh an fheadaíl théis teannadh níos gaire dó d'aithin sé an
fonn láithreach: 'Casadh an tSúgáin' a bhí ann, agus dhúisigh
an t-éan codlatach a bhí neadaithe istigh ina chroí ionas gur
thosaigh sé ag portaireacht leis an bhfonn meidhreach. Bhí a
fhios aige go maith gurbh í a bhí chuige ach ní raibh sé cinnte cén
taobh de as a n-éireodh sí—anoir, aniar, aneas, aduaidh, aníos
nó anuas—nó sin amach as croí a choirp féin. Ach ní raibh aon
locht aige ar an bhfanacht agus nuair a chas sé a cheann soir an
tríú babhta, nach bhfaca sé ina suí ar an gcnocán a bhí ó dheas
den teach í agus gúna fada tanaí síoda de ghorm éadrom na
spéire á chaitheamh aici chomh maith le clóca beag corcra le
himeall órga agus lása ar a raibh cnaipe amháin airgid go
feiceálach in uachtar. Chuir an feisteas follasach seo beagáinín
iontais air mar gur treabhsar a bhíodh á chaitheamh aici roimhe
seo. Ach bhí an lá inniu te, a d'admhaigh sé, an t-aer agus an
timpeallacht uile faoi theas marbhánta na gréine. Níor staon sí dá
cuid feadaíola nó gur shroich sé an cnocán ar a raibh sí suite agus
b'in mar ab fhearr leis é óir ba bheag nár bhraith sé óltach súgach
agus a chloigeann ag éadromú leis an gceol bríomhar mealltach.

Is cén chaoi a bhfuil an mhuintir s'againne, a d'fhiafraigh
sé ar bhealach neodrach, agus ag tabhairt cuireadh chun an tí
di ar fhoscadh ó ghatha géagacha na gréine. Thosaigh sise ag
inseacht faoina seanmháthair a bhí théis drochthaom tinnis a
chur di ach a bhí ag bisiú. Tiocfaidh sí thríd an babhta seo,

Part V

About a week had gone by when one day he heard whistling. It was a fine, gloriously hot day. He was out cutting hay with a scythe in the field beside the house. He pricked up his ears, straightened and stood in the middle of the field, one foot resting on a fresh line of newly cut hay. The whistling got louder as it got nearer and when he recognised the tune *'Casadh an tSúgáin'* [The Twisting of the Rope], the sleeping bird that had been nesting in his heart woke up and he started singing along with the cheerful tune. He knew it was she but he wasn't sure which direction she would come from — north, south, east, west, from below or above — or out of his own heart and body. But he didn't mind waiting and when he looked around the third time, there she was sitting on the hillock to the south of the house, wearing a long slim-fitting silk dress of bright sky-blue and a short purple cape with border of gold and lace, a single jaunty silver button at the top. This finery surprised him because up to now she had always worn trousers. But the day was hot, he had to admit, the sun heavy on the air and on the land. She didn't stop her whistling until he reached the hillock where she sat and he was glad because he felt tipsy with happiness, his head light with the racing, teasing tune.

How is your relative, he asked neutrally, inviting her into the shady house, out of the burning sunshine. She started telling him about her grandmother who had had a bad bout of sickness but was rallying. She'll pull through, she said firmly, in

a d'fhógair sí ansin, ar bhealach a léirigh nár theastaigh uaithi níos mó cainte a dhéanamh fúithi agus thosaigh sí ag crónán 'Casadh an tSúgáin' di féin sa gciúnas beag a lean agus iad ag siúl taobh le taobh nó go raibh siad beirt ina suí síos os comhair a chéile istigh ar an teallach. Agus bhraith sé ansin go raibh a dreach beagán difriúil inniu ar chuma éicint . . .

Murab é an gúna gealgháireach gorm a bhí ar a cneas a bhí á dathú níos deise, é mar a bheadh ag déanamh a coirp beagáinín damhsach. Agus ní shásódh tada beo ansin í ach na hamhráin ar fad a bhí foghlamtha aici uaidh, agus cleachta go cúramach cúlráideach le seachtain aici, á rá dó as cosa i dtaca. D'éirigh a guth níos binne agus í ag cur iomlán a croí is a nirt sna hamhráin agus bhraith sé scaití go raibh sí ag cur meáchan uile a coirp taobh thiar de línte cumhachtacha faoi leith. Las a ghrua le mórtas aisti, faoi chomh paiteanta agus a thug sí léi iad agus nuair a d'iarr sí air 'An Seanduine Cam' a mhúineadh di ar an gcéad amhrán eile níor chuimhnigh sé faoi dhó nó faoi thrí air féin ionas go mba ghearr le beirt dhéagóirí iad leis an spraoi agus an spórt agus an solamar a bhí siad ag baint as na línte. Más iad na seandaoine atá uait inniu, a d'fhógair sé ansin de racht, caithfidh tú 'An Seanduine Dóite' a thabhairt leat freisin agus stop, stad ná staon' ní dhearna ceachtar acu ach ag rá agus ag athrá na línte agus iad ag baint sú, splancanna is lasrachaí nár bheag as na línte gáirsiúla . . . D'fhiafraigh sise ansin de, agus í idir shúgradh agus dáiríre, dar leis, cén aois ina stopann sé ag éirí ag seanduine. Mheas sé ar feadh soicind gur le guth a seanmháthar a labhair sí. Agus gan é cinnte an á phriocadh a bhí sí, nó de bharr óinsiúlacht na hóige, dúirt sé léi gan frapa gan taca nárbh aon saineolaí é féin ar na cúrsaí sin, a bhuí le Dia agus gurbh in ceist do dhuine éicint níos sine, níos críonna agus níos cráite ná é féin.

Agus sul má thuig sé cá raibh sé bhí an bheirt acu i ngreim

a way that indicated she didn't want to say any more about it, and she started humming *'Casadh an tSúgáin'* to herself in the short silence that followed as they walked side by side until they were sitting across from each other at the hearth. He thought she seemed a bit different somehow . . . Maybe it was the bright blue dress against her skin bringing out her colouring and making her look like a dancer. And of course nothing would do her then but to sing him all the songs she had learned from him and practised diligently, in secret, during the last week. Her voice got richer as she began to put her heart and soul into the songs and at times he could almost feel the weight of her body behind some of the more powerful lines. His face flushed with pride at how well she had assimilated the songs and when she asked him to teach her *'An Seanduine Cam'* [The Crooked Oul' Fella] as the next song, he didn't think twice about it, and soon they were like two teenagers giggling and joking at all the innuendos in the words. Since you're so interested in old people today, he burst out then, you'll have to learn 'An Seanduine Dóite' [The Burnt-Out Oul' Fella] and on and on the two of them went, singing the lines again and again, teasing out the meaning and getting all fired-up at the bawdy bits . . .

Then she asked him, half in joke and all in earnest, he thought, what age did he think old men stopped being able to get it up. For a minute he thought it was her grandmother's voice that asked the question. He couldn't tell whether she was needling him or whether she had asked out of the foolishness of youth, but he answered without missing a beat that, thank God, that was a question for somebody older and wiser and a lot more weathered than himself.

barróige go docht ina chéile is iad ag damhsa timpeall agus timpeall nó gur tháinig meabhrán orthu is gur thiteadar. Is nuair a tháinig siad chucu féin aríst óna rachtanna fiáine gáire thug siad léim amháin ina seasamh, an dara léim go lár an urláir is an tríú léim go bun an staighre nó go raibh cos thíos agus cos thuas acu ar na céimeanna íochtaracha. Sheasadar go corrach ansin ag tacú lena chéile staidéar beag a dhéanamh. Eisean ag dearcadh go támáilte isteach ina súile aibí ar dtús agus ansin ag stánadh siar isteach níos doimhne iontu. Stán sise amach ar ais air isteach ina shúile féin. Scaití chaochadh seisean a shúile le linn dó a bheith ag stánadh agus é ag déanamh amach go raibh dhá phéire súl inti, an dá phéire acu ag baint barr dá chéile le doimhneacht dhiamhrach. Ansin chuir sise a lámh síos go tobann air ag preabadh a mhachnaimh. Rug sí leis an lámh eile air agus threoraigh é chuig a brollach ionas gur rug sé ar chíoch uirthi. D'fháisc. Bhuail aiféal de phlimp é nuair a cheap sé go mb'fhéidir gur chóir dó náire a bheith air ach nuair a thriail sé a lámh a tharraingt siar theip air í a bhogadh mar go raibh greamaithe go daingean dá cíoch. An bhféadfadh sé seo a bheith fíor, a smaoinigh sé os ard nó an anseo nó i nGleann Bolcáin na ngealt is na gceithre bhearna atáim. Shisst! Nach dtuigeann tú fós go bhfuil tú faoi gheasa agus faoi dhraíocht agam, a chan sí. Níl éalú uaim. Níl de rogha agat ach a bheith greamaithe díom go mbogfaidh mise mo mhothúchán díot. Mise, a dúirt sé, is a bhfuil d'óglaigh fhearúla fhíormhaiseacha bhíogacha sa saol ... Dá gcuirfí a bhfuil d'fhir óga uile sa saol isteach in aon phearsa amháin dom, b'fhearr liom fós thú ná iad is mé mar atá mé faoi dhraíocht is faoi dheachma agat is thionlaic sí suas an staighre faoina hascaill é go corrach is gach re cos thíos thuas acu. Rug sí ar uillinn ansin air agus threoraigh ar nós daill isteach sa seomra leapa é, amhail is dá mba eisean an cuairteoir agus dá mba ise an tíosach. Agus thug an freastal, an

And before he knew what was happening the two of them were holding each other tightly and dancing round and round until they got dizzy and fell to the floor. And when they had recovered from all the laughing they got to their feet in a single bound, made a second bound to the middle of the floor and a third to the foot of the stairs and were standing there, each with one foot on the ground and one on the first step. They stood stock-still, trembling, pausing for reflection. He looked into her knowing eyes, shyly at first, then stared more deeply. And she looked back into his. Now and again he blinked as he gazed, sensing two pairs of eyes watching him, rivalling each other in mysterious depth. Suddenly she reached down and touched him, startling him out of his musings. With her other hand she brought his hand to her breasts, making it cup one of them. He squeezed. In a flash of remorse, he thought that he was probably doing something he shouldn't, but when he tried to pull his hand back he couldn't; it seemed to be locked on her breast. Can this be real, he wondered aloud or am I in Gleann Bolcáin where they put the crazy people. Shhh. Don't you see, you're under my spell, she said. You can't get away from me. You have no choice but to stay by my side until I decide to let you go. Why me, he said, with all the virile handsome young men there are in the world . . . If you rolled all the young men in the world into one for me, I would rather have you because I'm under your spell too. I'm your slave. With her arm around his shoulders, she accompanied him unsteadily up the stairs, step by step. She took his elbow then and steered him like a blind person into the bedroom, as if he were the visitor and she the host. He loved this solicitude, this respect. They sat side by side on the bed. She opened the top button of her purple cloak

t-ómós agus an leagan amach seo fíorshásamh dó. Shuigh siad taobh le taobh ar an leaba ansin. Scaoil sí cnaipe uachtarach a clóca corcra agus d'fhlipeáil siar thar a guaillí lena leathlámh é, á scaradh amach ar an leaba san am céanna ionas gur mhéadaigh an clóca is gur chlúdaigh an leaba iomlán ó phosta go piléar. Chiceáil sí di a bróga le cabhair a sála ionas nach raibh orlach fúithi. Sheas suas díreach agus lig den ghúna síoda scaoilte gorm sciorradh anuas di d'aon chuimilt amháin dá corp, amhail is dá mbeadh meáchan luaidhe ina íochtar a tharraingeodh síos di é uaidh féin chomh luath agus a bhí an chuing lása a bhí os cionn a brollaí scaoilte.

Theann sí a chloigeann rocach isteach lena brollach bog mín nó gur bhraith sé úire a cíoch ag cruachan lena leiceann, ise ag sní a méar trína chúl liath gruaige san am céanna. Thosaigh sé á mothú lena liopaí agus ag líochán fáinní fliucha ina dtimpeall agus ansin á ndiúl is a shúile dúnta aige mar a bheadh leanbh sásta ann ar bhrollach a mháthar. Agus é ag únfairt ó cheann go ceann acu bhraith sé mar a thosóidís ag rince uathu féin agus iad ag damhsa cor beirte os a chomhair amach agus mhothaigh sé meabhrán gliondrach ag líonadh a chloiginn amhail is dá mba é féin a bheadh ag damhsa agus ag dul timpeall agus timpeall agus timpeall ina ré roithleagán . . .

D'ardaigh sí amach óna brollach go réidh ansin é gan sea ná ní hea eile a rá, ach í ag cur a dhá lámh gheala faoina ascaillí ionas gur shín siar ar fhleasc a dhroma é ar an leaba dhúbailte chóirithe. Bhí sé ag breathnú suas uirthi le dhá shúil mhóra bheannaithe mhangacha amhail is dá mba ór buí ón saol eile nó ó Thír na nÓg a bheadh aige inti agus ag samhlú ina intinn féin gur bhreá an leath leapa í. Ansin le slíocadh amháin dá lámh sise thosaigh a chuid éadaigh ag tréigean is ag titim de ball ar bhall nó go raibh sé mar a chonaic dia, diabhal is duine é an nóiméad ar rugadh é.

and flicked it from her shoulders with one hand. It spread out on the bed and grew, like the cloak in the old story, to cover it from top to bottom. She kicked off her shoes by the heels so that there was nothing between her and the floor. She stood up and let the opened blue dress slide from her body, in one long caress, as if it were weighted with lead and primed to fall the minute the lace that covered her breast was unfastened.

She drew his wrinkled head to her soft smooth chest so that he felt the freshness of her breasts pushing against his cheeks while she wound her fingers through his shock of grey hair. He began to explore her breasts with his lips, licking wet circles around them and then sucking, his eyes closed like a child being nursed by his mother. Luxuriating, going from one to the other. They bobbed in front of his face as if dancing a two-step, and a daze of giddy happiness filled his head, as if he himself were dancing, turning around and around, a whirling dervish . . .

She lifted him gently away from her breasts then. Not a word did she say, but put her two white hands under his arms to lay him on his back on the neat double bed. He looked up at her with wide, adoring eyes, as if he was looking at bright gold from the other world, from Tír na nÓg itself. He marvelled at what a fine bed-fellow she was. At a smooth gesture of her hand his clothes started falling away from him, piece by piece, until he was as naked in the sight of God, the devil or anyone, as the day he was born.

There are no pockets on a naked body you know, she said, in a hot wet whisper in his ear, so you needn't think you can hide your weapons from me, with my eagle eye. He gave no answer but her words fell like honey on his ears. She took his tender rod which had been looking up at her all the while with its

Tá a fhios agat nach mbíonn aon phócaí dúnta ar chorp nocht, a dúirt sí, i gcogar te tais isteach ina chluais, ná ceap gur féidir leat do chuid arm a chur i bhfolach ormsa ná ar mo dhá shúil déag. Níor oscail sé a bhéal ach ba mhil ar a chluasa gach focal dár chuala sé uaithi. Agus d'ardaigh sí chuici a mhaide leochaileach milis a bhí ag breathnú suas uirthi lena leathshúil ionas gur thug leathchuimilt bheag lena teanga dó mar a chuimleodh sciathán féileacáin de do bhois. Agus ansin ligh sí léi go ceanúil sul má thóg ina béal grámhar go hiomlán é amhail is dá mba léi féin amháin é ó thús an tsaoil is nach raibh ag dul á roinnt . . .

Agus d'fhan sé sínte siar fúithi ansin agus speabhraídí gliondair ag dul ina maidhmeanna trína chorp mar a bheadh tonnta feasa ann ag scaradh brat ollmhór suaimhnis anuas air nó gur bhraith sé baill iomlána a choirp ag athaontú agus ag tarraingt lena chéile ar aon nóta amháin mar a bheadh ceolfhoireann mhór dhraíochtúil ann. Agus é ag breathnú suas uirthi mhothaigh sé brí agus spreac ag at ina chorp nó go raibh sé ina fhear óg aríst agus é chomh luath láidir cumasach le Caol an Iarainn an lá ab fhearr a bhí sé agus sul má bhí deis aici leide eile a thabhairt dó d'éirigh sé aniar chuici ionas gur lig dise sciorradh isteach faoi go fionn fonnmhar agus a dhá lámh ar a brollach.

Aon phóigín amháin eile agus é a fháil le do thoil agus do bheannacht dhílis féin, a dúirt sé, agus d'fhéach sé isteach ina súile le linn dó a bheith á pógadh. Ach an babhta seo ba í an tseanmháthair agus í ina bruinneall óg a chonaic sé ag breathnú amach air agus spor sé sin tuilleadh chun gnímh gaisce é . . . Is bhí sí corraithe chuige agus ag fanacht go cíocrach leis faoin am a ndeachaigh sé ina thruslóga ocracha amplacha isteach, amach, is isteach is isteach inti . . .

single eye and touched her tongue lightly to it, like a butterfly landing on an open palm. She licked it lovingly for a while before taking it in her warm mouth, as if it were hers since the world began and she would never let it go.

He lay under her, delirious pleasure surging through his body like waves of enlightenment, bringing a huge peace down upon him until he felt all the parts of his body coming together again, all resounding on the same note like a great magical choir. As he lay looking up at her he felt life and fire welling up in his body so that he was a young man again, as quick and strong and powerful as Caol an Iarainn in his prime and before she had the chance to make any more moves he raised himself up, letting her slide quickly, eagerly under him. He put his hands on her breasts. And now another little kiss, if you please, if you can spare it, he said, and he looked into her eyes as he was kissing her. But this time it was the grandmother as a young woman who looked back at him and that spurred him all the more to do the deed . . . He was trembling for it, greedy for it by the time he entered her with avid, hungry thrusts in and out, and in and into her . . .

> *Nuair a bhogfaidh mise, bogfaidh tusa,*
> *agus bogfaimid le chéile*
> *a spréigh sí de ghlór ard cantaireachta*
>
> [When you move, I move
> and we will move together
> she sang out in a high singing voice]

He closed his eyes to savour the feel of her all through his body, to soak up all the sensations, and on the black sky of his

Nuair a bhogfaidh mise, bogfaidh tusa,
agus bogfaimid le chéile
a spréigh sí de ghlór ard cantaireachta . . .

Dhún sé a shúile chun iomlán a blais is na mothúcháin uile
a fhágáil ag an gcuid istigh dá chorp le blaiseadh is le sú
isteach agus i ndorchadas a intinne chonaic sé réaltaí neimhe
ag spochadh sa spéir agus phléasc sé réaltaí fliucha na cruinne
istigh inti idir a luas análacha troma . . .

mind he saw the stars of heaven spark off each other and with shuddering breaths he erupted, scattering the wet stars of the world deep inside her . . .

Mír VI

Agus ar feadh trí lá agus trí oíche ina dhiaidh sin níor oscail sé fuinneoga ná doirse a thí ach choinnigh sáinnithe istigh sa teach é féin chun go bhféadfadh sé an sú ab fhearr agus ab fhéidir a bhaint as a raibh fágtha aici di féin dó.

Ar an gcéad lá bhí meidhre meisce air féin is ar an teach agus ar bhaill troscáin uile an tí a bhféachadh sé orthu. Bhí an bord ag luascadh ar a cheithre chos. Bhí na cathaoireacha ina suí i ngabháil a chéile mar a bheidís théis titim i ngrá agus choinnigh seantlú iarainn na sprengaidí fada fóid mhóna ar an tine as a stuaim féin. Thuas an staighre bhí an leaba ag míogarnach go sonasach agus an dá bhraillín bhána ag flipeáil is ag flaipeáil lena chéile go spórtúil amhail is dá mbeadh crochta amuigh go hard ar líne lá gaoithe.

Agus chaith sé an lá iomlán ina shuí sa gcathaoir luascach shúgáin mar ba nós leis nuair a bhíodh ag ligean a scíthe agus é fós faoi speabhraídí draíochta. Bholaigh sé a boladh bándearg milis a bhí ar foluain ar fud an tí os a chomhair mar a bheadh féileacán daite damhsach samhraidh ann. Chuala sé macalla gorm a gutha is a gáire i bpóirsí is i gcúinní uile a thí amhail spleodar leanaí óga a bheadh ag dul ar thuras scoile. Chonaic sé a híomhá gheal mar scáile áthasach i gcúlra na bpictiúr beannaithe a bhí crochta ar na ballaí. Bhí sé in ann blas dearg a coirp a fháil ar a bheola féin gach uair a ligh sé iad agus a teas bog tais i mbraillíní na leapa nuair a chuimil sé a lámha agus a chneas díobh agus é ag dul a luí. Agus chreid sé go mbeadh sé in ann na cumhachtaí sin uile a ghabháil is a choinneáil úr lena láidriú agus lena chothú chomh fada agus a bheadh na doirse is na fuinneoga dúnta glasáilte aige . . .

Ach ar maidin an dara lá mhothaigh sé maolú beag tagtha ar

Part VI

For three days and three nights after that he didn't open the windows or doors of his house but sat tight, deep in the house, concentrating, holding fast to whatever he had left of her.

The first day he felt drunk as a lord, and he thought that the house and all its bits of furniture seemed drunk as well. The table swayed on its four legs. The chairs snuggled up to each other as if they had fallen in love and the spindly-legged old iron tongs kept stacking sods of turf on the fire all by itself. Upstairs the bed dozed happily, its two white sheets flipping and flapping playfully over each other as if pegged high on a washing-line on a windy day.

And he spent the whole day sitting in the *súgán* rocking chair as he always did when he was relaxing, still in a magic daze. He smelled her sweet pink scent that had gone right through the house like a gaudy, dancing butterfly in summer. He heard the blue echoes of her voice and her laugh in every nook and cranny like the happy uproar of children on a school trip. Her bright image flitted like a good ghost through the scenes in the holy pictures hanging on the walls. When he ran his tongue across his lips he could taste the red tang of her body and when he went to bed he felt her soft damp warmth in the sheets that wrapped his skin. He thought that as long as he kept the doors and windows locked he would be able to hold on to all these powers and keep them fresh and strong.

But on the morning of the second day things began to fade and he couldn't recall her spirit, her essence quite so clearly. It

a chéadfaí agus ní raibh ina chumas a spiorad ná a beocht a bhlaiseadh chomh soiléir sin. Ní hé nach raibh siad ann fós ina thimpeall ach thosaigh siad ag leá isteach ina chéile beagán ar bheagán ionas go raibh a gcuid dathanna ag maolú is ag tréigean faoi cheo de réir a chéile. Cheap sé ar dtús gur tuirse nó easpa codlata a bhí air a mhaolaigh a bheocht bhíogúil agus go bhfillfeadh a ghéire aríst théis cúpla néal codlata. Ach faoi mheán lae níor mhothaigh sé aon athrú chun feabhais tagtha agus faoi thráthnóna bhí na dathanna daite go léir leáite isteach trína chéile ina smeadar salach agus iad iompaithe ina ndath gruama gránna liath geimhriúil agus nuair a chuimil sé na sramaí as a shúile chonaic sé go raibh baill troscáin an tí uile iompaithe liath, ní liath go liath lag gránna a chuir déistin is tinneas cinn air.

Ar an tríú lá tar éis droch-chodlata míshuaimhnigh corrach d'éirigh sé aniar mar go mba fhulaingt dó fanacht sínte siar sa leaba níos faide mar le gach cor agus iompú dá gcuirfeadh sé de mhothaigh sé deilgíní faoi á phriocadh is ag géarú air istigh ina chraiceann. Agus is i dtreis a chuaigh an phian a bhí air nó gur sháraigh pianta mná seolta. Leag sé a lámha anuas ar a bholg ansin agus baineadh geit as amhail is dá mbeadh sé théis taibhse duine mhairbh a fheiceáil ag siúl ar uisce. Is bhí baithis a chloiginn á scoilteadh le tinneas cinn amhail is dá mbeadh an diabhal is bean a mhic in adharca a chéile agus é ina chomhrac corrach sciorrach síoraí eatarthu taobh istigh dá bhlaosc. Bhí sé ag guairdeall ó phosta go piléar agus é ag cinnt air fanacht socair agus gan snáthaid ná biorán suain aige a thabharfadh faoiseamh dó. Bhraith sé a chuid ball éadaigh mar a bheadh méadaithe ina málaí timpeall air leis an méid meáchain a bhí caillte aige. Bhí a ghuaillí is a cheathrúna caolaithe go mór agus a éadan seang tréigthe. Chaith sé an lá ag útamáil agus ag guairdeall ar fud an tí go fuasaoideach. Ghéill sé faoi dheireadh agus d'oscail doirse

wasn't that they weren't surrounding him still, but they were melting down gradually, the colours fading and beginning to blur. At first he thought it was lack of rest that was leaving him jaded and that he would perk up after a good sleep. But by midday there was no improvement, and by evening the colours had melted into a muddy puddle, changed to ugly gloomy tones, grey and wintry, and when he wiped the sleep from his eyes he saw that the furniture in the house had all turned grey, a weak, ugly grey that made him feel sick and hurt his head.

On the third day after a fitful sleep he got up because it was torture to stay in bed any longer because every move he made, every way he turned, he felt thorns pricking him, piercing his skin. The pain got worse, worse even than a woman's labour pains. He put his hand on his belly and shuddered as if he had seen a ghost walking on water. The crown of his head was splitting with a headache as if the devil and his daughter-in-law were fighting a never-ending battle inside his skull. He tossed and turned without getting a shred of sleep. He spent all day hanging around the house, fidgeting about, unable to settle, on tenterhooks from lack of sleep. His clothes hung like bags on him, big and loose from all the weight he had lost. His shoulders and buttocks were skinny, his face shrunken and lost. In the end he gave in and opened the doors and the windows for the first time in three days but the fresh air didn't help and only sent cold shivers scything down his spine.

He dragged his sour, shrivelled body up the steep steps of the stairs and when he lay down on the bed hoping for some ease, it started to shake and creak beneath him in a horrible way, as if its joints needed oiling or its springs had turned to brittle stalks of straw, about to snap.

agus fuinneoga an tí den chéaduair le trí lá ach níor bhronn
an t-aer úr aon sólás breise air ach is amhlaidh a chuir drionga
géara fuachta ag spealadóireacht aníos trína chnámh droma.

Chrágáil a chorp feosaí searbh a bhealach suas céimeanna
troma an staighre agus nuair a shín sé siar ar an leaba ar
thóir sóláis thosaigh sí ag croitheadh agus ag gíoscán faoi go
déistineach amhail is dá mbeadh ola ag teastáil óna cuid siúntaí
nó dá mbeadh a cuid spriongaí ina dtráithníní briosca tirime
agus réidh le snapadh nóiméad ar bith.

Aon phóigín amháin, a chaoin sé ó íochtar a chroí aníos.
Aon phóigín amháin uaitse, an t-aon leigheas atá ann dom agus
leis an bpian thosaigh sé ag cnagadh bhaithis a chinn i gcoinne
ráillí crua na leapa amhail gasúir mhire. Ach níor tháinig sí féin
ná a cosúlacht chuige lena bhréagadh ná a beola lena phógadh
ná a géaga lena fháscadh go huchtúil sólásach. Is nuair nach
raibh sé in ann na daighreacha a fhulaingt níos faide chrágáil
sé trasna an tseomra gur thóg anuas de bharr an chófra mála
síoda ar a raibh ornáidíocht de bhláthanna fiáine is d'fhéileacáin
dhaite. D'oscail sé é gur thóg amach as an dá bhraillín a bhí
bán tráth ach a raibh dath buí fágtha anois orthu ag imeacht na
mblianta agus chuir lena bhaithis iad mar mhaolú fuaire ar an
tinneas cinn damanta ionas gur bhraith sé faoiseamh beag ón
bpian. Scar sé amach na braillíní idir cheithre phosta na leapa
ansin mar ba nós leis a dhéanamh dhá oíche gach bliain—ar
chothrom a lae bhreithe agus cothrom lae a báis. Agus é ar tí
titim as a sheasamh le lagar sméid sé ar na ceithre aingeal a bhí ar
foluain ar phostaí a leapa á fhaire is á ghardáil, agus d'ardaíodar
leo lena gcuid sciathán go héadrom é ionas gur shleamhnaigh
isteach idir an dá bhraillín é go sócúil agus d'fhan an ceathrar
acu ag damhsa chor na sióg san aer os a chionn nó go raibh sé
ina shámhchodladh is gur shéid a shrannfach chaithréimeach
chun bealaigh iad.

Just one little kiss, he moaned from the bottom of his heart. One little kiss from you, it's the only cure for me. The pain was so bad he started banging his head against the hard rails of the bed like a madman. But there was no sign or shade of her. Her lips didn't come to kiss him nor her limbs to give him strong and soothing embraces. And when he couldn't stand the stabbing pains any longer he crawled across the room and took a silk bag embroidered with wild flowers and coloured butterflies down from the top of the wardrobe. He opened it and took out two sheets that had been white once but were now yellowed with age and held them to his head, trying to blot away his awful headache with their coolness and eventually he did get some slight relief from the pain. He spread the sheets out to the four corners of the bed then as he always did on two nights every year—on the anniversary of her birth and of her death. And just when he was about to faint with weakness, he nodded to the four angels who hovered at the bedposts, watching and guarding him, and they lifted him up lightly on their airy wings, lowering him gently in between the two sheets, and the four of them danced the fairies' jig in the air above him until he fell into a deep sleep and his exultant snores sent them on their way.

He dreamed that he woke up and turned over in bed and slipped his hand under it and into a big black trunk that he kept beneath the head of the bed. He rummaged around in it until his fingers found a little square moneybox which he lifted up by the handle. He reached under the pillow and pulled out a little two-pronged gold key and he unlocked the moneybox for the first time in ages. The box clicked open and there lay her picture, as beautiful as ever, so beautiful that the black and

Agus ina bhrionglóid dó dhúisigh sé agus chas ar a thaobh sa leaba agus shleamhnaigh a lámh isteach fúithi agus síos i dtrunc mór dubh a bhí faoi chloigeann na leapa aige. Agus chart sé timpeall lena leathlámh thíos ann nó gur aimsigh a mhéara boiscín beag cearnógach taisce agus d'ardaigh aníos é agus é i ngreim sa hanla. Shac a lámh isteach faoin bpiliúr gur tharraing amach eochairín bheag órga a raibh dhá ghob uirthi agus bhain an glas den taisceadán den chéaduair leis an tsíoraíocht. D'oscail an bosca amach uaidh féin ansin agus chonaic sé a pictiúr agus í chomh hálainn agus a bhí ariamh, chomh hálainn sin agus nach raibh stró ar bith air an pictiúr dubh agus bán a fheiceáil ag scaladh sa dorchadas. D'fháisc sé isteach go dlúth lena ucht é.

Agus caite ansin in íochtar an bhosca chonaic sé an píosa airgid a bhí sé chun a bhronnadh uirthi an lá úd agus an loinnir imithe as. Ansin d'oscail sé cása beag cruinn eile agus thóg amach máilín beag bán síoda agus dhoirt dhá fháinne a bhí ar dhath an óir bhuí amach as ar bhois a láimhe agus bhí an dia-mant a bhí ina fáinne sise ag glioscarnach fós. Chuir sé air a fháinne féin gan dua ná deacracht agus d'fheil dó chomh maith agus dá mba inné nó ar maidin a cheannaigh sé ón seodóir é. Rug sé ansin ar a fáinne sise nár cuireadh ar a méar ariamh agus ghrinn go grinn é, á chiorclú timpeall go mall idir a mhéara. Bhí an t-ór fós ag lonrú agus an diamant ag spreagadh is ag scaladh. Ag sioscadh, beagnach. D'fháisc sé isteach lena chroí ar dtús é ach ansin nuair a chuir sé lena bhéal é lena phógadh nár dhúisigh fuaire an diamaint ar a liopaí é, de gheit scanrúil . . .

Is nuair a d'fhill sí air ansin bhraith sé go raibh claochlú éi-cint tagtha uirthi nár shoiléirigh a shúile dó roimhe seo. Ní hé go raibh aon nóta dá háilleacht ná dá spleodar caillte aici ach bhraith sé mar a bheadh scáile éadrom leagtha anuas ar leath a haghaidhe agus mar a bheadh an leath eile tagtha in inmhe nó dulta in aois.

white picture seemed to glow in the dark. He pressed it tight-
ly to his heart.

And there in the bottom of the box was the piece of sil-
ver that he was to have given her that day, the shine gone off it
now. He opened another small round case and took out a lit-
tle silk pouch and two gold rings fell out of it onto his palm,
the diamond in hers still glistening. He put his own ring on,
slipped it on easily. It fitted him as well as if he had bought it
from the jeweller that very day. Then he took the ring that she
had never worn and examined it carefully, rolling it slowly be-
tween his fingers. The gold still shone and the diamond spar-
kled and glittered. It seemed to whisper to him. He held it to
his heart at first, but when he put it to his mouth to kiss it the
coldness of the diamond on his lips woke him up.

When she did come back to him, he felt she was different
in some way that hadn't been apparent to him before. It wasn't
that she had lost any of her beauty or liveliness but he thought
there was a faint shadow over her face, a look of growing older.

Her grandmother had died and was six feet under now, and
that was what had kept her away these past few days, she said,
apologising. He said he understood. But she was as free as a far-
thing now, she said, and something about the way she said the
words made him think that her remaining days in Connemara
were numbered. He felt a lump in his throat and he threw his
arms around her and the heat of her almost made him faint,
and he asked her was there any other song she would like to
learn and when she said that she still didn't know '*Amhrán an
Tae*' [The Tea Song] he started singing and they kept going un-
til she knew every word and note of it by heart. Then they sang
it as an *agallamh beirte*, a bantering duet, where each provoked

Bás a seanmháthar a bhí faoi seo ag iompar cré is cloch a choinnigh uaidh í le dornán laethanta, a dúirt sí, ag gabháil a leithscéil. D'admhaigh sé gur thuig sé sin. Ach bhí sí chomh saor le feoirling anois, a dúirt sí, agus thuig sé ar an gcaoi ar thug sí aer do na focail go mb'fhéidir go bhféadfaí a laethanta i gConamara a áireamh feasta ar aon chraoibhín amháin. Bhuail tocht é agus d'fháisc sé chuige í agus is beag nár chuir an teas mór a bhí inti lagar air, agus d'fhiafraigh sé di an raibh aon amhrán nua a theastaigh uaithi a fhoghlaim agus nuair a dúirt sí nach raibh 'Amhrán an Tae' fós aici thosaigh sé air agus lean siad orthu láithreach bonn nó go raibh chuile fhocal is siolla de ghlanmheabhair aici. Ansin chanadar araon é mar agallamh beirte is iad ag mealladh na véarsaí óna chéile is iad i ngreim láimhe ina chéile, ag windeáil a chéile go hanamúil nó gur thosaigh ag déanamh rince beirte leis an amhrán is lena chéile ar an mbord i lár urlár na cistine, ansin ar chéimeanna an staighre agus nuair a shroich siad an seomra leapa mhéadaigh a súile láithreach ina dhá scáthán sciathánacha nuair a thug sí faoi deara na braillíní síoda ar an leaba. A Rógaire Dubh, a scread sí, is tú atá agam ann agus d'fhiafraigh de cá raibh siad aige go dtí seo. I dtaisce, a dúirt sé. I dtaisce agus d'aithin sé go maith gur thaitin siad léi amhail is dá mbeadh sí théis a craiceann is a cnámha a shíneadh eatarthu cheana agus d'fháisc siad isteach lena chéile arís agus chaith tamaillín ar foluain i gciorcal os cionn na leapa sul má chrap na cuilteanna bréatha breaca agus ansin an bhraillín uachtair siar iad féin dóibh ionas gur shín siad isteach fúithi, a dhá chos in airde aige is an bheirt acu sínte trína chéile mar aon duine amháin.

Agus ina gcomhriachtain ghlórmhar a lean bhíodh seisean thuas seal thíos seal agus ise thíos seal thuas seal, iad araon ar mhuin na muice céanna agus iad cinnte dearfa gurb é rotha mór gan stiúir an tsaoil a chas i mbealach is trasna ar a chéile iad

the other into singing the next verse. They were holding hands tightly and 'winding' the song together with gusto, and before long they were dancing a two-hand reel along with the song on the table in the middle of the kitchen, then on the steps of the stairs, and when they reached the bedroom her eyes turned to two flashing mirrors when she saw the silk sheets on the bed. *A Rógaire Dubh*, she cried, now I've caught you out, and she demanded to know where they'd been till now. Hidden away, he said. Hidden away and he could see how much she liked them as if she had stretched her body out between them before, and they embraced again and spent a while moving in teasing circles around the bed, until the fine, patterned quilts and the top sheet turned themselves back to receive them, he with his feet in the air, and the two of them intertwined as if they were one.

And during the ecstatic coupling that followed sometimes he was on top and sometimes underneath, and sometimes she was underneath and sometimes on top, both of them on the same pig's back, convinced that fate itself, some intractable destiny had brought them together at that wonderful moment and they tore at each other, wrestled each other in complete and utter abandon until the sheets were inside out and upside down. While they were joined together, they stared into the mirror-like depths of each other's eyes so piercingly that their spirits, as one, slipped out of their bodies . . . left their bodies behind, still working away of their own accord, so that they were looking down on themselves from the ceiling of the room where their spirits hovered, full of light and joy. They saw and felt the silk sheets growing damp with the beads of sweat that their bodies were wringing eloquently from one another on the bed below.

ar an ardnóiméad sin agus réab is speir siad leo gan acht, gan reacht gan riail nó go raibh an bhraillín íochtair in uachtar is an bhraillín uachtair in íochtar. Le linn an nasctha ansin stán siad isteach i súile scáthánacha a chéile chomh tréan cumhachtach sin gur éalaigh siad beirt in aon spiorad aontaithe amháin óna gcoirp . . . coirp a bhí fágtha ina ndiaidh acu, ag aclú leo ansin uathu féin ionas go raibh siad in ann iad féin a fheiceáil fúthu ó shíleáil an tseomra mar a raibh an spiorad ar foluain go héadrom gealgháireach. Chonaic agus mhothaigh siad na braillíní síoda ag taiseadh agus ag fliuchadh leis na deora allais a bhí a gcoirp ag fáscadh go fileata as a chéile thíos fúthu.

* * *

Ach scaití thugadh sise faoi deara go dtagadh corrstad ina shúile le linn a gcaidrimh amhail duine a mbeadh stad ina chuid cain-te. Cheap sí ar dtús gurbh é an aois a bhí ag breith air agus gur ag tarraingt a anála a bhíodh sé ach nuair a thum sí í féin níos doimhne isteach ina intinn bhraith sí gur ag breathnú ar íomhá dá seanmháthair a bhíodh sé agus á santú agus gur dise na féachaintí beaga stadacha sin agus chuir an léamh sin áthas breise uirthi mar gur chreid sí chomh fada agus a bhain leisean go raibh an meascán seacht n-uaire ní b'fhearr agus nach gcuirfeadh aon teorainn lena bhís, lena chumas is lena shástacht. Agus mhoth-aigh sí gach orlach de agus dá chroí istigh inti, mar a bheadh abhainn ann a bheadh ag rith le fána agus a líonfadh chomh hard sin le tuillte go mbeadh ar tí a bruacha cré a phléascadh . . .

Leath ciúnas eatarthu ansin. Ciúnas, ciúnas, ciúnas iomlán fliuch fad a bhí an spiorad ag sileadh anuas is ag athfhilleadh is á roinnt féin ina dhá leath agus á n-adhlacadh féin i gcré a gcuid corp. Ciúnas a scread amach na mílte focal tostach i dteanga rúndiamhrach glórach an tsuain. Agus thuig sise go raibh a fhios aigesean go raibh a shíol théis léimeanna sonais a thógáil mar a

* * *

Now and again though, as they made love, she saw a flicker of absence in his eyes, like a stutter in someone's speech. At first she thought his age was catching up with him and that he was stopping for breath, but when she dived deeper into his mind she sensed that he was seeing her grandmother, desiring her, and that that was where his gaze went when it wavered. The idea pleased her, all the more because she thought that this double dose of desire could only add to his performance and his satisfaction. And she felt every inch of him and every bit of his heart inside her, like a rushing river swollen with high water to the point of bursting the clay of its banks . . .

Finally, they were silent. A full wet silence as the spirit descended, returned, dividing itself in two and reinstating itself in the clay of their bodies. A silence that screamed a thousand unspoken words in sleep's mysterious, expressive tongue. And she knew that he knew that his seed was leaping for joy in her, like a salmon swimming up all the fragrant streams towards its destiny. That nature was singing at the core of her, in her heart of hearts.

* * *

Slowly the silence gave way to the strong sounds of their breathing after their exertions, and she spoke. While we're lying here, you can tell me about my mother, if you like, she said and about my father if you know anything about him. Your side of the story. How you see it. From now on I won't be telling you anything, I'll be singing it to you, he answered, for words sung are at least seven times richer and holier than anything spoken

dhéanfadh bradán feasa in aghaidh gach sruth cumhrach chuig a dhúchas. Agus go raibh an nádúr á cheiliúradh féin istigh ina lár is ina croí.

* * *

Ansin scaip a gcuid análacha tugtha an ciúnas go mall nádúrtha agus labhair sí. Inis dom faoi mo mháthair, más maith leat, a dúirt sí, agus faoi m'athair má tá aon eolas agat faoi fad a bheas muid ag ligean ár scíthe. Do thaobhsa den scéal. Do thaobhsa amháin. Ní á inseacht duit ach á chanadh duitse a bheas mé feasta, a d'fhreagair sé, mar go bhfuil an focal canta seacht n-uaire ar a laghad níos saibhre agus níos naofa ná an focal ráite is scríofa. Agus thosaigh sé air go lag agus gan an ceathrú cuid de neart mná seolta fágtha ann . . .

Ó, nach bhfuil aon fhaitíos ná imní ort, a fhir mhóir an mhisnigh is na laochmhaireachta agus tú in achrann daingean na mblianta, a d'fhiafraigh sí nuair a thosaigh a ghlór ag tréigean. Níl ná é, a chailín bhig an ghrá, is na gcleas, is na dtomhaiseanna, is na ngeasa a d'fhreagair sé de ghuth tréithlag mar nach bhfuil romhainn uile ach ceithre fhód nach seachnaítear go brách na breithe: fód gine, fód breithe, fód báis agus fód adhlacan. Agus fáiltímis rompu.

Agus bhí a lámha ar a bhrollach aici, í ag braistint buillí moillithe a chroí amhail is dá mba nótaí ceoil sí a bheadh iontu agus luas a buillí croí féin ag méadú dá réir san am céanna . . .

Thosaigh a súile ag at le deora bróin ansin nó gur chuir siad thar maoil agus gur phléasc amach ag titim isteach i súile eisean áit ar iompaigh siad ina ndeora áthais láithreach chomh luath agus a theagmhaigh leis. Agus chuir sin áthas uirthise freisin ansin amhail is dá dtuigfí di gurbh iad na deora goirte a bhain a seanmháthair as a bhí athghafa aige agus iompaithe ina ndeora áthais ar deireadh thiar thall.

or written. And he began, faltering at first, feeling weak as a woman who has just given birth . . .

Aren't you afraid at all of the weight of the years, my strong man, my brave hero, she asked, when she heard his voice start to fade. Not at all, my little lover, my girl who holds all the cards, he said in a voice that was hardly there at all. For what's in store for any of us but the four things none can escape: conception, birth, death and burial. What can we do but welcome them.

And her hands were on his breast, feeling his heartbeat slow down until it sounded like fairy music, while her own heart beat faster and faster . . .

Her eyes filled with tears of sadness. The tears broke and fell into his eyes where they turned at once to tears of joy. And that made her happy too. She felt that he was taking back the bitter tears her grandmother had made him cry, turning them at long last to tears of joy.

And she bent to kiss his cheeks, her lips travelling gradually towards his mouth for a final kiss. She drew his last, sweet, faint breath into her body, letting it fill her and round her out and fan the spark that she had felt spring to life deep inside her.

Agus chrom sí síos á phógadh ar chaon leiceann ag cur a liopaí lena bhéal de réir a chéile ionas gur thug an phóg dheireanach dó agus í ag sú chuici a leathanáil mhilis dheiridh amach, isteach ina corp féin, á lánú is á hiomlánú, is mar bheocht bheatha don ngin a mhothaigh sí ag múscailt ina clí istigh . . .